U0940056

花的变奏

游运　著

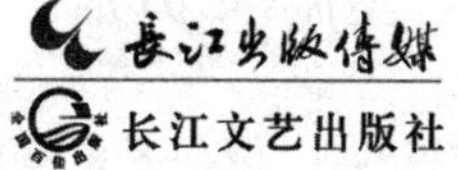

图书在版编目（CIP）数据

花的变奏 / 游运 著. —武汉：长江文艺出版社，2017. 2

ISBN 978 - 7 - 5354 - 9115 - 2

Ⅰ. ①花… Ⅱ. ①游… Ⅲ. 诗集 - 中国 - 当代 Ⅳ. ①I227

中国版本图书馆 CIP 数据核字（2016）第 219679 号

责任编辑：何性松　　　　责任校对：陈　琪

封面设计：李　雯　　　　责任印制：邱　莉　胡丽平

出版：长江出版传媒 | 长江文艺出版社

地址：武汉市雄楚大街 268 号　　　　邮编：430070

发行：长江文艺出版社

电话：027 - 87679360

http：//www. cjlap. com

印刷：四川金邦印务有限公司

开本：880 毫米 × 1230 毫米　1/32　印张：13　插页：2 页

版次：2017 年 2 月第 1 版　　2017 年 2 月第 1 次印刷

行数：7380 行

定价：48. 00 元

花开的声音

鸟儿栖在柳枝上，用鸣叫传递花开的声音
花瓣在春风中展开，花蕊用触须与蝴蝶亲近
蝴蝶听到了花的喜悦，使劲抖动翅膀回应

鸟儿与花有距离，花也没有与它亲近
鸟儿把花开的声音唱出来，它唱得那么深情
花用香闻声，感谢蝴蝶
蝴蝶无声，花自繁荣

花开的声音，美丽了鸟的歌喉
鸟鸣，传递花的美丽
也传递花的香味
鸟儿用鸣叫与花接近

游远 2016.4.16

让思想插上语言的翅膀
——序游运诗集《花的变奏》

梁　平

这本厚厚的诗集让苍白的纸渗透了诗人的情感和思想。如果说思想是一个待嫁的新娘，那么语言就是新娘的婚纱。文字承载思想的内涵，语言浓缩人生的感悟。

纵观整部诗集，几乎所有的作品都有其存在的理由。其中一些出类拔萃之作，既有语言的智慧，又有思想的深度。《写在一个光鲜的日子》这样表达对历史的感叹：“远方的歌，在追溯往事/一种痛，来自一棵大树的根/这是一片叶子的前世”。用一种痛……对比：“院子里，一堆红花读懂了朝晖晚露/把色彩浓缩在一个光鲜的日子”。“痛”与“色彩”是沉痛的历史和光鲜的现在，从而形成诗歌内涵的张力。诗人在《金沙梦幻》中穿越时空：“我坐在轮回四季的火鸟身上/迎着如约而来的秋风/聆听远古的声响”。像一块压缩饼干，浓缩了古蜀国的辉煌：“时光把历史的羽翼死死压在地下/太阳神鸟还是沿着民工的锄头飞了出来/十二道耀眼的光芒/穿越时空隧道/用旋转的火焰/把古蜀国的灿烂传开”。一句诗化的语言把金沙遗址的发现与历史沉淀的文化内涵，写得意味深长。历史的羽翼被时光压在地下，作为金沙文化的标志性文物——太阳神鸟，沿着民工的锄头飞了出来……用它旋转的火焰传递古蜀国的辉煌。读了让人有所感，有所思。《工地恋语》是这样赞美劳动者的："一位帅哥牵着晨辉走来/用手中的图纸端起大山的神韵/他的背影/一端连着村民，一端连着青山"。这些智性的语言，读起来感觉好，想起来有味道。干练的语言包含着深邃的思想，使作品有了超出一般的赖读性。

诗人对于诗的把握给我留下了深刻的印象。就诗的抒情特质而言，抒情而不空泛，情感借助意象闪耀着思想的光泽。客观意象的鲜明和主体意识的再现使诗歌的情感有了质感。《列车上的聆听》就是这样一首诗。诗人从坐火车这样一个普通的生活情境中感受自然感受社会，从列车的"冲冲"声中获得了诗："云气被丛林驱散/林间鸟语擦亮星光/月色与车厢摩擦/火花闪进车窗"。同时又把人生旅途的冷暖表现得淋漓尽致："芦竹的残羽，留下孤影/在大地呐喊/霜的蹄声压在车轮之下/……我紧抱着被子，阻止风的根须/追求深度"。这首诗运用了通感等多种技巧，在听与看的转换中变换意象，在情感的流动中展现意境。但读起来自然，没有任何技巧的痕迹。一个成熟的诗人就应该有这样的语言。通晓一切技巧而不"卖弄"技巧。

情诗最能体现诗歌的抒情特质。诗集中的情诗既有中国诗歌抒发情感的内敛和含蓄的篇章，又有西方爱情诗感情激越和澎湃的篇章。前者如："云朵包裹的心事/在枝上游走/此刻，被风打开//春，没有遮拦/用绿的狂野/速写生命"；后者如：

“今夜，我瘦弱的身子/已经鼓胀成相思的帆/今夜，我要向着美丽的维纳斯起航/在你悄悄升温的血液里逆流而上/今夜，我要让我的爱在你身体的内部发酵/让你身子的每一个毛孔都散发我的爱”。这些语言鲜活生动，有血脉搏动之感和肌肤气息，情感的营造不仅有意境的美，而且闪耀着人性的光辉。读游运的情诗，总的感觉是：诗人把爱情的自然属性和社会属性把握得很有分寸。爱，不仅有动人的美；爱，还使人崇高。这就是作者手法的高超之处。

就诗的叙事性而言，叙事而不琐碎，单纯而有意义。在一个细节的叙述中隐藏着一个深刻的主题。《在巴黎　突然一场雨》叙述了不同国度的人聚到一起的情节，反映了西方世界人与人之间的关系和一种和谐的场景，看似平实的叙述却给人深刻的印象。《被猫哽死的狗》带有寓言的味道，不同种类的碰撞，出现意想不到的结果，不得不引起“我”的注意。《产房前的抉择》则通过一个小情节反映了人性的弱点。《孙子的著作》包含了一个反讽的意义。诗集中有些与叙事性不同的叙事诗，读来也不乏味。《洗脚妹》叙述了一个弃婴成年后为报答养父母而分担家庭经济困难的情节。一个洗脚妹“要用自己的双手和汗水/从别人的脚板上，走进大学的门”。字里行间传递着正能量，体现了诗歌的崇高性。这个故事有很强的概括力，叙事中有抒情，抒情与叙事结合，使叙事有了可读性。

读游运的诗，既有自成一体的格调，又有风格多元化的倾向。读完整部诗集，感觉好像是读一本合集，并没有千篇一律的厌倦感。除了题材变换的原因外，文本结构的变换也是一个因素。如前所述，语言上的简练贯穿于全部作品，如果说这是游运诗歌的特征，那么文本结构的变换则是整部诗集的特色。《蝶与莲》与《思念的痕迹》是两种不同的结构形态，前者是螺旋式结构，后者是递进式结构，《我和你并排地走着》则是并列式结构。《逐步平等》与《丽江晨韵》更是迥然不同的两种语言风格。从诗章内容来看，风格上的多元倾向也不容忽视，在整体上很难用浪漫主义、现实主义和象征主义加以框定。《昨夜　我为你狂奔》想象力极为丰富："我行走在夜的海洋/乌云抓住我的头发，海浪拽住我的脚丫/海底火焰正在爆发，海水开始燃烧/我的全身已被烧焦，我依然在海面奔跑"。像这样的诗句充满了浪漫情怀，让人感受到一种独特的意境。但多数篇章更注重智性与感悟。《雪色情怀》用智性的语言表达了作者内心的高洁和人生动力。《一线之间》则表现了作者对人类社会的感悟。《蝉》显然具有象征意义。《错位的角度》则是哲理与诗的结合。

诗性游记在诗集中占了较多篇章。几乎首首都充满了诗想。诗人托景寄志借景抒情，把游记写成了优美的风景诗与抒情诗。"一抹淡淡的晚霞，勾勒出/山的起伏。云带缠绕山腰/那红瓦白墙的别墅/点缀了山麓的油画"。这是《琉森湖》给我们的诗性美感。这首诗的画面感很强，意象简约且有逻辑，既有古典诗的雅致，又有现代诗的细腻。隐约的个人状态通过诗化语言抒发出来："是谁弹的吉他在湖面荡起涟漪/让我的心这般陶醉/我不想让自己在这里溶化/借助霞光，从湖底打捞自己的影子"。从《琉森湖》这些句子中可以看到游运诗体游记的审美追求。

诗作为表达的艺术，必然折射人的心灵。相信读游运诗歌的读者会与作者有心灵上的沟通。诗人用充满思想感情的形象化语言，把一个场景、一个细节、一个故事赋予了诗的意境，给读者留下了深刻的想象空间，从字里行间能够感受到作者血液的流动。诗人应该具有崇高的精神境界，诗歌也应该具有崇高性，让读者从作品中感受到诗与远方、诗与未来。把人生的梦想在诗歌的创作与鉴赏中升华，把生活的美通过作品传递。正如游运在《因为我们是诗人》中所说："我们是草，扎根于泥土，攀爬在小路/无数的草，过滤着尘埃，清新着世界"。祝诗人在艺术的山峰不断地攀登，写出更多的好作品。

2016 年 3 月于四川省作家协会

目录 Contents

第二辑　寄个春天给你

第三辑　穿越舞台魔方

第四辑　远方的约会

第一辑

心海上的冲浪

读父亲的诗

读父亲的诗，就像翻一座山
前面总是有高峰
我一直想站到山顶，看看父亲笔下的彩虹
我步履蹒跚，沿着父亲的脚印
看到了父亲不朽的曾经——

父亲是一个桃源耕种人
他乐意用自己的汗水浇灌桃李
桃李在春天绽放芬芳
父亲脸上充满了阳光
当秋天的果实布满三江大地
那间破旧的小屋里
快乐着他瘦弱的身躯

岁月的沧桑，写在父亲的脸上
无论风刀霜剑，无私是他唯一的防火墙
当冬天的寒风爬上他的额头
他像一棵山间的老树
甘愿挺立在深深的低谷

今天，我要为父亲点赞：
是他用一生的奉献立起男儿的伟岸

在他耄耋生活的篇章里：
父亲提一蔸菜，穿越大街的形象
为子女释放出一片拼搏的天
读他的诗，让我明白
他对子女的爱
还表现在他对家庭责任的一种分担

父亲的诗篇提携过去，穿越未来
当朝霞照亮大地
他为走出黑夜而感受到生活的精彩
读父亲的诗，就像翻越一座高山
总有一天，我会站到山顶
看到父亲笔下神奇的天街

背　影

人流中，有个身影
在我前面行走
那背影，那提一蔸菜的姿势
我已经很熟悉
我知道——

当风雨靠近我
她的目光就是一本书
无论岁月的车轮怎么碾压
书中的我
总是一副铮铮铁骨
当寒冬侵入我的身子
她的体温就是一团火炉
一颗冰凉的心
总是在她的相拥中
得到呵护

她有一个透明的梦
挂在大西洋彼岸

她会静坐窗前，苦苦守望
直到有歌飘来
传来远方的片语只言
她会睡得很甜
远方的女儿
就是她的梦
而我，会在她与女儿之间
让她的梦更加灿烂

人流中的那个背影
和别的女人没有两样
可她跟了我
从此我的生活变了样

写给女儿

（一）我的沉默

我的沉默是旅途的路标
在岔道上凛然伫立
当迷途的小燕
在空中盘旋
惊喜地找到自己的归宿
你就会听到我骄傲的笑声

我的沉默是春天的杨花
在微风中漫天飘零
当锃亮的犁耙驱赶田间的野草
布谷鸟的歌声在天空飞扬
你就会听到我骄傲的笑声

我的沉默是十五的月亮
在浩瀚长空静静期盼
当幼稚的小树

枝繁叶茂
挂满沉甸甸的果实
你就会听到我骄傲的笑声

我的沉默是冬日的雪花
在广袤的大地坦露胸怀
当枯萎的小草
仰慕怒放的梅花
在雪色的世界挺立
你就会听到我骄傲的笑声

（二）我是你人生旅途的一棵树

你不是我的女儿，哈哈，你就是
我的女儿，是上帝让你成为我的女儿
你是我白日的太阳，夜晚的月亮
我的白日从此阳光灿烂
我的夜晚再也没有黑暗

女儿呀，我最喜欢你的笑
你的笑是雪地的红梅，出水的白莲
春天和纯洁都在你的笑里
你是蜜，融化了我的苦果
你是歌，愉快了我的生活

女儿，只要你能放声地笑，我什么
都不在乎。我不会让你在我这里委屈
我要让自由的天空永远属于你
我希望有人护着你的羽翼
你在你的世界得到应有的爱

女儿，我不能永远牵着你但我时刻牵挂着你
上天把你给了我，就是把爱给了我
我不敢说爱你胜过爱我自己
但我永远是你人生旅途中的一棵树
在你疲惫时，你可以在这棵树下稍稍歇息

春节随笔

邻家的春联，穿过残冬的指缝
赶走最后的寒意
鞭炮和烟花为之欢呼

窗前的腊梅
在苍凉的大地点缀黄色的温馨
将酝酿已久的激情，突然释放

春风悄悄爬上女儿的发梢
绯红的脸颊
映红了窗边的灯笼

一锅圆润的饺子
跳跃而出，成为年饭的主角
妻的笊篱，忙着打捞氤氲荡漾的幸福

团圆酒敲响新年的钟声
红烛握住希望
迈进黎明的门槛

春意孕育憧憬的种子
梅花的淡香里
仿佛有农人鞭牛的声响

写在一个光鲜的日子

向东。锦江之水
向东。岷江之流
一场雨。一阵秋风。转动时间的轴
坠落的桂花勒住九月的封口
金色的菊花打开十月的酒瓶
酒香伴随记忆
把天空推高。云彩流动
影响彼岸的情绪
远方的歌，在追溯往事
一种痛，来自一棵大树的根
这是一片叶子的前世
院子里，一堆红花读懂了朝晖晚露
把色彩浓缩在一个光鲜的日子
我的菜蔸里
辣椒，萝卜都泛起了丹红

十月的第一天

十月的第一天，阳光格外好
天蓝蓝的，乌云被昨夜的风清洗
纯净的天空飞过一只鸟
在高空发出清脆的歌
歌声自高而下，自由落体
阳光在楼顶落脚
暖意开始释放，温暖在加速

楼下的花店，人来人往
百合花、玫瑰花
繁花似锦
装点了别人，美化了自己
——花老板笑得乐呵呵
岁月如此安详
阳光代替秋霜
花香渗透小区的每个角落

清晨的我，在阳台凝望
妻递来一颗米枣

我知道这是她爱吃的水果
她让我品味着甜蜜的生活
农田变城市
茅屋变高楼
棚户区的人住进了大厦
我的记忆在咀嚼中打磨

十月的第一天，我们该怎样度过
妻子在换装
女儿在化妆
我在查地图
北斗星将引导我们
开着新车
走出家门
迎着阳光，去拥抱新的生活！

元旦，我醉倒在街上

今夜，辞旧迎新
二锅头和我一起告别 2015 年
我向你说
新年快乐

零点，我倒在天府大道上
雾霾太重，看不清前面
几年前，我倒下去还是农田
长着金黄稻穗，蚂蝗咬我手臂
今晚，我倒下去是花岗岩
板车不见了踪影，汽车飞速向前
老农带着女儿，在街边数钱
小姑娘衣着时尚光鲜
冬天她们只露大腿不露胸肩
断了手臂的乞丐从身边走过
不知是否有人操控，见人就伸手要钱
卖臭豆腐的老妇过去了
不能判断豆腐是真臭还是假臭
她推车的背影越来越远

小扒手快速跑过
他们还是孩子，在一个角落数人民币
他们庆幸用新版的人民币迎接新年

那年，蚊子从我脸上飞过
今夜，不！是2016年元旦零点
我倒在大街上，苍蝇不知去向
二锅头与雾霾发酵
我从雾中看霓虹灯下人来人往

我是冬季的一片落叶

我是冬季的一片落叶
寒冷夺去了我的养分
干枯伴随我的一生
风，带领我寻找自己的前程
那山那水那地方
漫无目的，没有方向
因为是冬季
草，没有绿色
花，没有芬芳
大地没有色彩
我多么渴望
有一份滋养我的阳光

飘零，是我固有的命运
但是我并没有飘零
我落在深深的幽谷
松柏给了我生存的力量
我度过了冬天的黑夜
迎来了春天的曙光

但我依然是低谷的一片落叶
山顶的小草永远高高在上
要想改变现状
只能仰天长望
风说：因为出生在冬季
你的命运就是这样

大地，我的朋友

我本是大地的子民
带着满满的希望寻求人间仙境
一次又一次的探索
终于被岁月抽空了激情

我的躯壳还在行走
风吹着一个单薄的身子
就像一片落叶被秋风左右
飘泊的时候
乌云遮蔽日月
只有大地是唯一的朋友

无论岁月怎样无情
都会有大地敞开胸怀
去拥抱一个被世界遗忘的弃子
大地接纳了我的第一声哭啼
也接纳着我最后的碑字

列车上的聆听

列车跟随风的影子
绕过黄昏
带着隆重的“冲冲”声
越过城市越过乡村
在黑暗中穿行

云气被丛林驱散
林间鸟语擦亮星光
月色与车厢摩擦
火花闪进车窗

芦竹的残羽，留下孤影
在大地上呐喊
霜的蹄声压在车轮之下
麦苗不知去向
衰草倾倒一片

旅客进进出出
个个披着月光赶路

新进的旅客一身露水
传递着时光的速度

一片飘动的叶子从车门挤进
掌心的风声
带着沉重的霜针
拼命往被窝里侵

我紧抱着被子，阻止风的根须
追求深度
汽笛呼出一段浓雾
一片空茫，一片空茫
从此不知身在何处

金沙梦幻

时光把历史的羽翼死死压在地下
太阳神鸟还是沿着民工的锄头飞了出来
十二道耀眼的光芒
穿越时空隧道
用旋转的火焰
把古蜀国的灿烂传开

一串脚印串起一串奇迹
我的身影在此与古人重叠
我和那些象群穿越在历史的缝隙
我坐在轮回四季的火鸟身上
迎着如约而来的秋风
聆听远古的声响

那金属般的声音把我引入历史的迷宫
我和象群一样
找不到地球纬度的西东
我的影子从高空坠落
突然间，我发现

太阳神鸟正旋转着绚丽多彩的中国梦
原来，我已穿越了时空

2013.10.10

山村暮韵

炊烟飘摇。晚霞卸了浓妆
山梨并不凄凉——
落叶把秋天隐藏
种子在泥土里生长

孤独的草屋
透视着山村的寂静
也透视着生命的力量

耕牛在黄昏低头
与青草接吻
生命在青草与大地间延长
夜色飘然而至
亲吻整个山庄

一棵老树在荒野静坐
水分被风猎取
根
深入贫瘠的土地

海口漫记

在海口，阳光很足
容易忘记寒冷
雨，突如其来，一洗变色的天
无数的碎片
重新拼凑成无尽的蓝
与海面连接，看不见边沿

无心花悄无声息，没有遗落的痕迹
花开的样子，看不出时间的衰老
从内地来的人，一块小岛
也会当成蓬莱仙境
惊喜不小
小岛上的无心花
没有花心
谁会成为它的比照？

渔火阑珊处，有一些记忆
跟随一只小船在海面的鳞片上移动
月色朦胧

仿佛有一个故事在行走
从西向东，直到无影无踪
消失的故事，在梦中
组装成海市蜃楼
露出一个熟悉的面容……

2015.11 于海口

在海口，独钓黄昏

撑出一支内地的钓竿
以梦为钓饵
等待海的氤氲

一支渔竿支了几个时辰
钓起一个起风的日子
独坐的黄昏
海水微澜，波光粼粼

夜，借助椰树
向我招手
一段往事，随风而来
伴随一个跫音
有人踏波而来
却又不见踪影
只有风在浪尖上滑行

渔竿钩不住黄昏的速度
等到的只是海的影子
梦的回归

这个冬天想和你一起看海

这个冬天，我哪儿都不想去
只想和你一起看海
站在海边，一地白沙，藤蔓伸展
天蓝蓝，海蓝蓝

我们一路走一路说
我的话再多，你也不嫌啰嗦
你看着我，我看着你
用你的矜持凋谢我内心的寂寞

冬天，只有海南最暖和
不用暖气，不用炉火
也不用在城市的高楼里
把自己束之高阁

到了三九，不担心雪，不担心霜
也不担心背冷脚冻
不会只想躺在炕上
想穿多薄就穿多薄

这个冬天，我不想在内地关门烤火
我只想和你看海，一起到天涯到海角
看天边云彩自由飘落
听潮汐在黄昏里唱歌

回故乡

熟悉的路，熟悉的田。还有
熟悉的小茅屋
那是我曾经居住过的地方
屋前的牛在低头吃草
一点也不在意我的到来
玉米穗好像知礼，开始还在打盹
见到我就点头
好像要表达什么

清澈的河边，围着垂钓的人
麻将的声响，敲打着幸福时光
蝉的鸣唱，传播着夏季的成熟
大西瓜捧着小男孩的脸
小男孩狠狠地咬它一口
它也不离开
那个亲热的劲儿
只有在乡间才能看到

站在老队长的承包田边

方方正正的稻田连成一片
微风吹来
鲜嫩的稻穗整齐摆动
好像在接受我的检阅
老队长说：
还记得改造前的样子么？
我顿时为当年的劳作感到欣喜

老队长的小院，装满了月色
一杯茗香，述说着往事
乡村的语言一咕噜落在鸡鸭的篱笆上
一声声鸡鸣
演绎着夜的静谧……

离开城市，离开灯红酒绿
才能感受到乡村的宁静
才能品尝到大自然的味道
在返回时
我从小茅屋边的树尖上
摘下我曾经挂起的梦
用相机
再一次收藏故土的清新

雪色情怀

冰早就凝固了山川
雪又要改变世界
世间的污垢
尽埋于皑皑

一只候鸟飞过
带走一丝余温
檐垂的玉笋
挑逗窗花的纯洁

没有飞虫的夜
路灯显得孤单
冰上的月光
拨亮昏暗的灯

雪色的视界
心在跳动
冰层的下面
河在流动

滑　雪

（一）

穿上冰鞋，走向纯洁的世界
红红绿绿的飞舞
铺展一个童话
在这个荡漾青春的原野
我也变得年轻
一次摔倒，一次超越
滑板上的奔驰
有一种超脱的感觉
野马无缰，人也飘然
被美女撞倒更是一种刺激
留下幸福的伤痕
我居然能够自己站立
沉重的冰鞋变得如此的轻
滑板的八字变化
引领我，用四十五度的倾斜起飞
速度彰显生命

快乐写在脸上
一个传说从这里开始……

（二）

一片白，一点红
滑过去，向着红点
那是艳丽的玫瑰
那是移动的火把
那是一朵冰花在飞舞
你看——
那眉梢，那头发
挂满了晶莹
那嘴唇，那脸蛋
浸透着红润
那身段，那舞姿
燃烧着火焰
滑过去吧
抢一个艳丽的镜头
咱也在寒冷的冬天
留下一个温暖的艳照

（三）

飞舞，向着更高的山峰

下落谷底
我依然站立
人生的高峰低谷
都在我的意料之中
超越，使劲地超越
变换的花样牵动目光的缆绳
——那是最后的传说
在纯洁中自由地飞
忘我的时刻
就让心情极大地释放
雪色的世界
童话的感觉
雪杖，是起飞的支点
花样，是人生的精彩
飞舞吧飞舞
舞出快乐的极致
舞出生命的精神

冰 花

像一片片羽毛，与窗外
一棵棵透剔的树
相映成一朵朵晶亮的花
花瓣犀利，越是寒冷越坚硬

它从水中来
在浑浊的空气中净化自己
用明亮的玻璃
展示自己的纯净

寒风雕刻它的形状
气温改变它的命运
改变不了的是
它对自我净化的追求

它在寒冷中坚强
用自己的身躯晶莹世界
为大地
迎来百花盛开的春天

黄果树瀑布

一个声音从天上飞来
水的湿润就开始舔我的耳朵
天沉入水中
在我脚下滚落

沉落，因为命运的落差
咆哮，因为沉默得太久
当前进的路出现断裂
温柔的水也会怒吼

奔流
奔流
滚动的银河有自己的追求

带动明亮的星辰
滋润渴望的大地
所有的激情
再也不能蛰伏于心底

九寨沟·镜海

浓雾蒙上了九仙姑的眼睛
我一声大吼，唤醒了太阳
撕开层层纱帐
放出五彩湖光
蓝中有绿，绿中有青
原来镜海也是个碧眼女郎
在女郎的眼里
有我的黑发形象
枯瘦的身影，骨气十足地随意晃荡
太阳把浓雾收缩成白色的帆船
端坐船中，扶摇而上
一只小鸟在灌木中嘀咕
我不懂它的语言，但我知道
它在讲述九寨的童话篇章
从帆船的后面，我突然发现
鸟语发出的地方，就是人间天堂

在三岔湖垂钓

三岔湖有许多垂钓的人
他们收获的笑容让我羡慕
我终于举起钓竿
跟他们并排而坐

我也戴上草帽，用面纱捂住脸
不要太阳照耀
不要虫子侵扰
凝视水中央，希望奇迹出现

旁边的小伙又溜鱼了
他一串熟练的动作，很快
钩起一条肥硕的大鲤鱼
其他垂钓者也有同样的收获

我的浮漂也动了
我按捺不住惊喜的心情
可几次举竿，钓钩飘向天空
钩起的只是一片浮云

直到钩碎了夕阳
才有一尾小鱼咬钩
可我一个不在行的动作
又让它悄然而走

看到别人载鱼而归
再看看自己空着的笆篓
我不明白：为什么我的鱼钩
总是空无成就？

在黄金海岸玩冲浪

搭乘风的帆
与海浪同行
我比海浪走得更高
披着夕阳的霞衣
闪跃在蓝色的浪尖
尖叫
伴随海的潮音

浪板，疾书浪漫
一浪又一浪
浪花，挥洒诗句
一行又一行
偶尔被甩到海底
惊吓中
与海豚同游

躺在柔软的沙滩上
让黄色的身体溶化在黄色的海滩
感受海浪与海滩的长吻

拾一只海贝
放生
让思绪在海浪中延展
我
从浪尖飞腾

蝉

泥土孕育的身躯
从黑暗中走来
汲取大地的营养
最终抗拒了寂寞
沉默，只是为了歌唱
歌唱，却要悄悄掩饰
为了生命的呐喊
改头换面

张开明亮的双翼
栖居在密密的丛林
让丢失的光阴
去赶下一趟阳光

阳光属于丛林
只有歌唱属于自己
声声不息的生命之歌
唱红了果实
唱出了丰收

到了色彩斑斓的时候
百鸟争鸣
偌大的山冈
主角却不再是自己

摘苹果

我们驾车去茂汶摘苹果
行驶在新修的都汶公路上
本来应该很顺利
没想到遇上了交通管制
大路不通了，只好改走小路
感谢指路的老者
我们很快就到了苹果山林

山路蜿蜒崎岖
曲曲折折
脚踩在岩石上，有一种踏实的感觉
可刚上第一个坡就汗流满面
为了一个许久的愿望
我们一直坚持到山顶

一眼望不到边的果木真让人兴奋
可稀稀疏疏的小果子又令人失望
为难之时，果农说：
我家有摘好的大苹果。可我们并不甘心

因为，现成的东西
不会有亲自上树摘的那个味道

山边，一抹紫红色的光晕
明亮着我们的眼睛
所有的叹息顿时烟消云散
一大片李子树呈现在我们眼前
紫红的李子宝石般的光芒
让我们意外地惊喜

看到这满筐亲手摘下的李子
我不得不在即将枯黄的苹果叶片上
写下难忘的心情：
错过了苹果
摘到了李子
大路不通
还有小路
甜蜜的李子远远胜过了青涩的苹果

被遗忘的荒野

没有足迹的半山坡
一棵银杏的金黄
与太阳媲美

没有路径的峭壁
一片枫叶的鲜红
招徕众人喝彩

没有人烟的山顶
一棵青松的挺拔
装点着关山

被遗忘的荒野
无数小草
用自己的身躯保护着大地

偶　然

一棵寺院的老树根
被修剪成奔月的嫦娥
避免了化为灰烬的厄运

一块山间的岩石
被雕刻成守门的狮子
便有了凛凛的神威

一堆剩余的石膏粉
被塑造成美丽的维纳斯
便有了永恒的魅力

一匹普通的马儿
被伯乐相中
便会驰骋千里　呼啸疆场

谁是这树根
谁是这岩石

谁是这石膏粉　并且

谁是这马儿

这一切都是偶然？

花的变奏

野海棠有异味
却能得到主人的关爱
总有机会
开在温暖的楼台

美人蕉很艳丽吧
可难得养花人的赏识
只有顶着寒风苦雨
笑对荒郊野地

君子兰能出现在花展
但难登大雅之堂
花主说：
因为少了点芳香

玫瑰花虽然有刺
还是得到了大众的青睐
常会在人们聚集的地方
为情侣增添色彩

噩　梦

我走在曲折的小河边
对岸一声尖叫
一个方脸女人甩来一只老鼠
咬破了我的新衣　我追捕
老鼠　却又遇上一条蛇
紧紧地缠住我的双腿
我挣扎　出了一身冷汗
可抓不住蛇的七寸
我纵身跳进河里
蛇不见了
方脸女人在岸上哈哈大笑
放出一条狗
猛扑过来……
我被惊醒
才知道误了预定的班车

回　答

我愿意是樱花
即使盛开时不算美丽
也要在凋谢时制造风景
用每一朵细碎花瓣
飘扬在空中，纷纷扬扬
为赏花人带来美好的心情

我愿意是烟花
一声怒吼之后
点燃夜空的辉煌
即使自己化为灰烬
也要用瞬间的绚丽
释放一生的希望

我愿意是雪花
无论北风怎样横扫
也要用自己的身躯
净化污染的空气
就算被日光照化为水
也要还世界一片洁白的大地

沉默的云

这一眼湖，没有一丝波纹
只有云
默默地流动
白色的红色的，载着沉淀的岁月
曾经的细雨，让春天变绿
曾经的闪电，让夏天变蓝
而今，披着夕阳的金纱
在山间静静地流动
万丈深潭压不住它的余辉
或许借助风
抚慰天涯海角
或许变成露
滋润苍茫大地
沉默，也有一腔热情
偶然投影到你的眼中
你的血液将从此翻腾
沉默的云，会隐去身影
隐不去的是
它万古不变的灵魂

这一眼湖，没有一丝波纹

只有云

默默地，默默地移动……

三月的风

经过冬日
承载春的信息
轻轻地迈入城市

靠在云端
解除冬的沉闷
立在街口
输送新鲜空气
挂在树梢
留下一片新绿

一棵小草
低着头
它在感受风的抚摸
它想看看风的模样
风已没有了踪影

一位新娘
对风微笑

风勾起她的新衣
她想和风对话
风悄然而去

三月的风
带走了尘埃
越过湖面
顺着柳枝
追向远远的一片红云

梧桐四季

冰消雪化的时候
穿上春姑娘送来的衣裳
迎送荷锄耕作的人们
用金枝玉叶
陪伴着劳动者的历程

蝉鸣蛙唱的时候
撑起一把大伞
顶着火辣辣的太阳
让一片绿荫
拉扯一个又一个的家常

秋心萌芽的时候
借助绿叶上的细雨
用瑟瑟秋声诉说往事
排遣他人心中的苦闷
为人们换来蓝天般的心情

银霜满地的时候

卸去满身的金装
让太阳穿透身躯
照耀地面的小草
把冬日的阳光
留给最需要的地方

荒野琴音

穿越峡谷，没有人烟
一路向北
风，涌动
沙粒飞起，把视线阻断

风声，被牛鸣阻止
山鸦呜咽
山谷寂静
雨在树叶上飞溅

雨，去了
太阳露脸
所有声音跌入河谷
一道彩虹出现

黄昏，一曲古琴拨动柳枝
不见人影
琴音轻吻山谷，轻拂花草

迎来月明

我回身向南

静听古琴低吟……

山间老树

峻岭之间，没有人迹的地方
一片片红叶，落满山冈
红嘴鸟，黄雀
鲜明的色彩，宁静的歌唱

山顶，一棵老树在色泽中凋零
一弯枝桠，苦撑日月轮回
脚下的红叶
书写绚丽的曾经

着色的茶杯里有秋天的风景
伫立老树旁边
一饮岁月沧桑
吐纳杯中蓝天

看老树裸露的肢体
舒展连绵的山峦
一杯茗香
为之盛满了感叹——

万木丛中
不需要人为关照
只要有雨露阳光
就会身姿独俏

错位的角度

早年，我照镜子
看到一张瓜子脸
以为美
后来，我的女朋友照镜子
看到一张国字脸
也以为美
再后来，才明白
我们在用观察异性的眼光
观察自己
我们也常常用一个错位的角度
观察事物，比如
用成年人的眼光
批评小孩
用现代人的眼光
评说历史
我们有时会因为光线的折射
把沙漠看成湖面树影
把大海看成海市蜃楼
我们还会在哈哈镜前

看到不同形状的自我
我们有时会明白一个错觉
但有的错觉
或许隔着一层浓雾

我好想……

我好想太阳落下来
挂在我的拐杖上
冬天没有寒冷
黑夜有了方向

我好想月亮落下来
挂在我的手腕上
有了来自上天的月饼
心里从此不再饥荒

我好想星星落下来
挂在我的胸口上
闪耀的光芒
胜过许多诺贝尔奖章

太阳总会落下来
月亮总会落下来
星星总会落下来
谁说我的理想是一种奢望?

暮色涂染的心绪

晚霞的余辉
涂染在紫红色的桑椹上
桑椹渗着血，也闪着光
一只黄莺飞来了
叫声中透着几分愁怅
一阵长笛悠悠扬扬——
不知是暮色中的孤寂
还是失意中的彷徨？
莺与笛的交响曲
唤出了寂寥中的嫦娥
一张同情的脸上
有一串朦胧的字符：
“人间心声
我只能记在心上”
夜幕吞噬了所有的色彩
只有长笛悠悠扬扬……

一线之间

从猿到人
多了一件衣服
一线之间
区分了文明和野蛮

去了衣服
看不出人的贵贱
一线之间
区分了天子和平民

男女情爱
永恒的主题
一线之间
减少了许多不必要的引力

一线之间
有时如铁壁有时如奶纸
人就在
奶纸与铁壁间徘徊

我是一株小草

我是一株小草
永远没有惹人的芳香
只有大地知道我
微弱的身躯
默默地保护着她的皮肤
——小草离不开大地

我是一颗沙粒
没有人注意我的存在
只有太阳知道我
细小的身体
炯然地闪耀着她的光芒
——沙粒依恋着阳光

我是一朵浪花
永远没有汹涌的声涛
只有江河知道我
艰难的跋涉
还有那奔向大海的抱负
——浪花追随着江河

当我有了二胡

当我有了二胡
我的手上就会有千里草原
一群群骏马在“嘚嘚”地奔跑
我的手指就是缰绳
辽阔的天空
群马奔向红彤彤的太阳
烈烈的马嘶
冲刺着草原的终点
也呼啸着人生的追求

当我有了二胡
我的手上就会流淌清清的泉水
圆圆的月亮在粼粼碧波中摇荡
微风从我指尖上吹起
静谧的夜溶解着我心中的苦闷
波光上的月色啊
填满了我渺茫的心境
抑郁的往事啊
随着叮咚的泉水漂流而去

当我有了二胡

我的手上就会有巍峨的高山

空阔的山林是我青春的再现

宁静的早晨，百鸟歌唱

鸟语花香的世界

净化了我的心灵

高山上的流水从我指上溢出

流走了人生的杂念

也流入了大自然的灵性

观　舞

舒缓的音乐
轻轻地飘起她的白衣裙
光，牵动她的身姿
时而波浪翻滚
时而行如流云
如鸟，在彩云间飞
如云，在柳枝间扬
心灵跟着音乐
音乐带领动作
跳跃，旋转，飞翔
内心的情感
在音乐里飘荡
狂野的激情
舞动生命的震撼
不羁的舞姿
给人心灵的舒展
旋转的身体
也旋转着她

放飞的心情

旋转的脚尖

书写着舞台的诗篇

秋季，行走在校园

在校园，一片银杏的金黄
是一道别样的风景
点缀着绿

一阵风，金甲满地
光秃秃的枝桠
昭示着季节的变换

我是季节的旅行者
此时，行走在金色的通道
一朵花儿向我微笑

深秋的季节
那些绿色的符号
让我想起春暖花开的时光

我留恋着春绿
幻想着
花香弥漫整个秋季

在校园，行走在深秋时节
夕阳正为秋天着色
而我还想俘获春天的温柔

这个下午

这个下午，太阳熄灭的时候
天空依然有色彩。冬天刚刚过去
我像一条苏醒的蛇，爬行在春的原野
山花开得好香，随风一动
整个山都在抖动
风景和往常一样
有草，叶尖含着露珠
有树，枝干顶着云朵
一切都没有隐秘
悬念从山峰出发
沉淀在平坦的溪水
河流中的小鱼张开嘴，像是诉说
也像是渴求
太阳重新燃烧
醉人的波光再次涌动
彩霞铺满黄昏路
我像一条苏醒的蛇，爬行在
春的原野
近近地
用舌尖与小鱼对话

雾里红梅

远处，一束红梅开得好艳
闪烁的红，照亮了我的冬天
我期待一直这样红下去
好让我慢慢感觉
慢慢感觉冬天里的春天
大雾终于来了。让我坠入一阵迷茫
所有的色彩开始消散
那若隐若现的红，让我好难分辨
我想大吼一声
让白日驱赶浓雾。但我的话
到了嘴边又回到心的深渊
我只有坐在夜的彼岸
让过去的芬芳，填满
内心的苦涩，直到云开雾散
花红春暖……

沙漠中的一棵小树

我是沙漠中的一棵小树
一半在沙丘
一半在天空
天空，偶尔有阳光路过
沙丘，却没有水的滋养
远处，沙玫瑰大肆开放
鹰衔着白云在稀薄的丛林休闲
过往的骆驼大摇大摆地走过
所有的风景
似乎忽视我的存在
我的叶片被沙粒分解
秋风正在把我遗弃
我渴望的雨露呀
快给我些许的滋润
别让我的青春就此抖落

风中芦苇花

总是随风飘荡
从不偏离风向
有太阳的影子，就会成为
风向标。即使在夜里
也会配合北极星
为你指明风的
方向
风来了你该怎样面向
看看芦苇花的模样

绝壁一棵松

根，紧紧抓住岩石
深入到缝隙里
身，挺立在峰壁的顶端
头上一片蓝天
风怎么推
也不倒下
因为，它不想离开
这片看似绝望的土地

今年的春风一直吹

今年的春风一直吹
已经是九月了
别人都说是深秋了
我还感觉是春风一直吹

其实是春风在秋的季节
延续了春色，延续了春的活力
春风把有了果实的老树
越吹越茂盛
老树在过去的季节没有新枝
却在秋天发芽了
老树从冬眠后苏醒
被春风消除了皱纹
焕发了青春
老树的青春，不是春天的象征
而是春天的延续
是春风一直吹的结果

九月的春风属于我

属于我一个人的世界
当人们感觉秋霜来临的时候
我的脸上依然春风融融

站在秋天的田埂上

耕种的犁头
翻起一片青烟
把沉淀的岁月
也翻在了泥土的上面——

站在犁耙上的我
唱着青春的歌
只一挥鞭
被牛甩了一个脚底翻

手中的一片绿叶
曾是梦的田园
想种一枝玫瑰
却奈何不了漫长的冬天

耕植一点思绪
让种子在冬天沉默
种子从冬天出发
总会见到春天的花朵……

致网友

我没有见过你
但我知道你的容貌
在太阳刚刚升起的时候
你的脸红彤彤的

我没有见过你
但我知道你的声音
在小河汩汩流淌的时候
你的声音那么清脆

我没有见过你
但我知道你的身影
在维纳斯美丽的塑像前
你的身影秀丽可人

哪里都有太阳
哪里都有河流
哪里都有维纳斯
哪里都有你——我远方的朋友

QQ　这块热土

心灵的原野
在这块热土上铺开
思绪的芽苗
却不敢预定未来

如血的告白
只是煊染时光的苍白
飞舞的火舌
并不追赶路过的纯洁

或许梦想的蓓蕾
会打开春天的大门
融冰的时节
却只能偷偷取悦自己的灵魂

在季节的时差里
不敢掐算那边的花期
还是举着油纸伞
独自走过自己的雨季

夜

路，延伸着
时而有汽车闪过
银杏树的绿叶
静悄悄地飘落

河里的花瓣自在地流动
沿着固定的方向
桥上的人影没有目的
踩着过时的月光

狗，在主人怀里撒娇
听不懂流行的歌
一对恋人向狗打手语
停止了固有的动作

夜，没有血压
不在意我从这里经过
风沙沙作响
不知向谁诉说

一场噩梦

一片静寂，没有任何声息
太阳被天狗吃了
月亮被天狗吃了
静寂，静寂，静寂
黑暗，黑暗，黑暗
世界末日来临，玛雅预测兑现
二〇一二年的十月
从〇点到八点，从九点到二十四点
一天，两天，三天
QQ 沉入海底，短信飘向外星
电话失去功能
世界从此毁灭
没有早，没有晚
没有白天，没有夜间
窒息，窒息，窒息
黑暗，黑暗，黑暗
一条静寂的绳索勒在脖子上
抽干了我的血液
离散了我的灵魂

窒息，窒息，窒息

招魂，招魂，招魂

谁来为我招魂

哇！

一条静寂的绳索断裂

我从悬崖掉进深渊……

回到乡村

昨日，我又回到乡村，背靠田野，湖水映面
那无边无际的油菜花，金灿灿的一片
身边：蜂箱溢蜜；远处：鸭子戏水，荷叶初绽

我想起当年的夏夜，炊烟弥漫
几个新式农民书生意气，月下把盏
在此起彼伏的蛙声中，饮酒畅谈，灯火阑珊

如今，又在旧时的土屋边
品农家的酒，叹发白草绿，清风拂面
一种坦荡的心情被菜花的浓香包裹，语重天宽

当年亲手种下的小树已经壮硕参天
那棵纯白梨花，依然独自开放，笑对天下
只是杯影中那张童稚的脸，增添了许多岁月的斑点

因为我们是诗人

我们是草，不与树比高，不与花比香
无数的草，清新着世界，过滤着尘埃

没有人在意我们
我们改变不了什么
也不想领袖人民

我们只会玩弄地球，吞噬月亮
我们有宇宙般的胸怀，疯子般的狂妄
清苦而不卑微，幼稚但却沧桑

我们像蚂蚁一样瞎忙
留下一些句子，心情开朗
不图富有，只图拥有

我们是草，扎根于泥土，攀爬在小路
无数的草，过滤着尘埃，清新着世界

写诗太艰难

写诗太艰难！
要观察，要灵感
要阅读，要思考，要组织语言
要确立主旨，要布局谋篇
费了很大劲，写出来并不中看
一句不对，影响全篇
一字不对，整个黯淡

艺术就是追求完美
画一幅画，不能有污点
写一幅字，不能有败点
奏一首曲，不能有断点
写一首诗，必须有看点
什么都可以偷懒
艺术必须完善

诗，读起简单，写起艰难
好不容易写一首诗
一读，总是很肤浅

没有奇意，没有佳句，没有亮点
要想写出好诗来
食不甘，夜不眠
真是太艰难！太艰难！

我差点就是大诗人……

我也想编书，把我的诗排在经典作品里
这样，我的作品就成了经典
我的名字和大诗人排在一起
我就成了大诗人

谁说我的诗写得普通
谁说我的诗没有创意
谁说我的诗语言拉杂
——我就跟谁急

我就是徐志摩，我就是卞之琳
我是百年新诗几人之一
你们认不认，你们不认我认
反正有书为证

悲哀啊悲哀
怎么诗人都那么母性——
孩子都是自己的可爱
作品都是自己的乖

尊敬的诗人啊
不要狂妄自大
文学需要发展
诗歌需要创新

编书——自以为是徐志摩
可是我没有徐氏划时代的作品
编书——自以为是卞之琳
可是我没有卞氏语言干练干净

我终于有了自知之明
我终于没有编这样的书
我还是我
我只有普通的作品，哪里是什么大诗人？

昨夜，我为你狂奔

你已经把我淡忘
我始终没有把你追上
但我不能就此沉默
我要奔向有你的地方

天狗吃掉了月亮，我行走在夜的海洋
乌云抓住我的头发，海浪拽住我的脚丫
海底火焰正在爆发，海水开始燃烧
我的全身已被烧焦，我依然在海面奔跑

海水突然倒立，把我甩在冰山
一只老鹰抛出一个骷髅
向我猛冲过来，我被骷髅推翻
我疯狂地吼叫
声音像一把尖刀，刺破我的喉咙
老鹰大笑
一口把我吞掉

正要咀嚼，我从老鹰嘴里逃出

躲在乌云的背上
天空撕扯我的脸，我使劲抓住乌云的尾巴
奔向闪电的后方
我披着黑夜的面纱，躲避闪电的光芒
我被乌云抛下，落在一个山冈
我光着脚奔跑
脚下全是风举起的刀

我终于看到你的身影
原来你是兽面人身的怪物，正与僵尸同行
僵尸举起长矛，在我的头颅上开了一朵红花
我顿时抱琴狂舞，满身的血迹被雨水冲刷
你摘下面具，露出诱人的美貌
用难得的温柔梳理我的乱发
我终于把你追上
有你的世界，风景如画

其实你已经把我淡忘
我终于没有把你追上
但我只能沉默
在梦中，奔向有你的地方

老　了

老了，花白的头发埋葬了美妙的希望
心，像深谷的湖面
即使有风，也掀不起波浪

老了，一双老花眼模糊了一生的理想
情，被世故淹没
青春的冲动像冬日的荷塘，一片凄凉

老了，总是用假牙咀嚼过去的时光
梦，飞向童年的小河
一盏荷灯飘荡几十年的欢乐与悲伤

老了，枯萎的瘦骨还在人世间晃荡
一阵青烟随时恭候
百年后，世上还有古人的生活篇章？

我的母亲

——根据骆英同名诗反其意而写

在莫斯科郊外，一个警察叫我出示护照
以鉴别我是不是他的兄弟
他点头表示我可以吃这个国家的奶
他说我们曾经有过相同的经历
我想起在日本海关
冷冰冰的女警官确定我不是她的兄弟
她使劲儿在我的护照上盖上异族印记
我当然知道我没有日本母亲
我也不敢偷吸她的奶

乌鸦很不高兴，说我忘了她的养育之恩
她提醒几亿年前我连路都不会走
她衔来河水让我长出毛发
后来，我想起野牦牛也是我的母亲
在一个荒凉的傍晚，她认真说过这个问题
她说在一个风雪之夜生下我
那时天上没有一颗星星
我向世界伸出一只手
可是整个世界无人回应

温暖的毛皮和冰凉的石头衬托我
在这个世界我有了一个牦牛母亲

我们都是悄悄来到这个世上
我们吃自己的汗液长大
我们都是荒原的儿子
其实土地才是我们的母亲
在回国途中——我一个荒凉的梦
杀死了乌鸦的表亲，乌鸦不认我这儿子
我成为他国的罪人，他国以母亲名义枪毙了我
我变成坟岗上的白骨
与我的牦牛母亲在一起……

梦醒时分，我在北京的街头
任意盯住一个个往来的女人
她们可是我的姐妹
我们都有同一个母亲

第二辑

寄个春天给你

我和你并排地走着

我和你并排地走着
偶然间触及到你酥软的手
啊，你的手仿佛是一把伞
遮挡着头上的绵绵阴雨
解除我思念的烦恼

我和你并排地走着
偶然间触及到你飘逸的长发
啊，你的长发仿佛是飞流的瀑布
为干河的小鱼带来淙淙流水
滋润着我渴望的心田

我和你并排地走着
偶然间触及到你飞红的脸
啊，你的脸仿佛是初春的太阳
用饱满的光芒驱散了冬天的寒意
涂抹着我生活中的荒凉

我和你并排地走着

偶然间触及到你滚热的心
啊，你的心仿佛是一只小船
搭乘我移动在静静的平湖上
慢慢地驶向梦中的彼岸

印　象

枝上的垂露
闪着太阳的光芒
她回眸的眼珠
永不消退的光

微风拂起细细的柳条
湖里映着圆圆的月亮
她飘逸的长发
勾勒一幅迷人的脸庞

鲜艳的花朵
在雨后摇晃
她微笑的脸蛋
涌动我的心房

一道电闪之后
雷声震动门窗
她握我的手时
有推倒心墙的力量……

心　桥

那日，你约我
到静静的小河边看虹
我说，没有阳光哪会有虹
你指着我的鼻子说
虹就在你的眼眸里
我恍然明白
这虹不就是你的口红么？

这晚，我约你
到静静的草地上看桥
你说，没有河流哪会有桥
我指着织女牵牛星说
那里有鹊桥
你捶着我的胸膛会心一笑：
我要看这三百六十五座心桥

地质锤的分量

她站在窗台上望斜阳
借助夕阳的余辉
把期盼的脸
变成了山上的红果子
笑盈盈地迎接踏山归来的他

他站在山头上望月亮
借坐嫦娥的小船
把闪亮的石头送到她枕边
她摸着石头
做了一个甜蜜的梦

她望着他留下的地质锤
猛然间——
感受到了它的分量

维港之夜

紫荆花的光芒
让月亮的美黯然失色
站在紫荆花前的我
情不自禁
为女友
吟诵一首小诗——

伫立码头
感受海面七彩流光
我在想
这多像我女友
月光下的目光

沐浴海风
聆听海浪的呼吸声
我在想
这多像我女友
夜空下的笑声

行驶海湾
惊呼两岸烟花散发
我在想
这多像我女友
疾风中的长发

站在船上
看激光交织长虹
听激情响彻夜空
我在想
可惜呀
我亲爱的女友
不在我的身旁

遥望天边

（一）

总是眺望天边的星
我欲穿过云层
感受天边的剩明
月牙却载我到遥远的清晨
呵　我不想从夜中苏醒
我只想望着天边
望着天边独自出神

（二）

总是眺望天边的星
我曾经是靠你最近的云朵
你的光芒在无意中照射过我
记忆的夜空只有你
只有你和靠你最近的云朵
呵　天边的星

我总想看到你耀眼的闪烁

（三）

总是眺望天边的星
在没有云层的夜
我想试试你　试试你的珍重
我用双眼和你对接
我感觉到了你的与众不同
你的光谱告诉我　今日的夜
再也不像往日那么空洞

最后的绿洲

我的灵魂在荒凉的沙漠中沉没
一块绿洲出现了

你是从海边来的吧？
我一眼就看出来了
你的眼中有蓝色的海洋
可是，你却说自己是一湖春水
会让干渴的枝丫迅速发芽
微风轻拂你的长发
瀑布从空中飘起
音乐般的声音
把我的灵魂从沉没中唤起
你张开宇宙般的双臂
包容一个并不高大而且瘦削的我
让我第一次感到了自己的挺拔
你的胸膛水一般地柔美
让苏醒的灵魂有了家一样的感觉

我在你身体的板块上旅行

你甜蜜的樱桃
是旅行者最好的干粮
我一直记得那个星光灿烂的夜晚——
你微张的嘴
像是刚刚开口的茅台酒
醇香让人陶醉
你身子的干柴
等待我舌尖的火一举点燃
当蝴蝶飞向玫瑰
海浪冲击沙滩，小船驶入港湾
你那身体的河流
就是我畅饮的甘泉

啊，我的灵魂在沙漠中苏醒
你就是我最后的绿洲

我和你

我们天天相见，却又隔得很远
心中的距离，隔着一座星系
隔着太阳系
隔着银河系
希望的鹊桥呵
能否出现在七月七

如果我的目光让你感到沉重
我宁愿在你面前沉默地转过身去
如果我的身影让你感到叹息
我宁愿在你面前永远消失

晴天再长，终究会下雨
我不敢涉足雨天的鱼池
因为那里有往日的回忆——

轻轻的云，浮起轻轻的心
轻轻的风，伴着轻轻的歌
轻轻的你，带来轻轻的梦

轻轻的我，捎去轻轻的诗

轻轻的……
轻轻的……
都是过去的轻轻……

我真想把你的每一个笑靥
用月亮制成光碟
在寂寞的夜晚不停地翻阅
我真想把自己变成一只小船
载着你
去摇醒沉睡的太阳
从此结束那漫长的雨季……

梦，悄悄展开

一丝秋波
在眉尖移动。睫毛
锁不住明亮的光

柳丝轻拂水芙蓉
粉嫩的身
被月色溶化

云朵包裹的心事
在枝上游走
此刻，被风打开

春，没有遮拦
用绿的狂野
速写生命

所有的季节
在此浓缩
梦，悄悄展开

仰望星空

——读裴孟东《星星省略的故事》而写

二星星排列成省略号
辉映往日的故事

往事淹没了我的梦
逼我泅渡
我没有弄水的本领
一任洪峰卷起卷落

想挣扎出水
凭借你毅然而去的身影
可你的笑靥注定我
从此与鱼为伴

我成了河中的小舟
感受到水的柔情　但没有
往日的欢愉

仰望星空……
直到星星模糊了你的身影

思念的痕迹

你取下我心上的珍珠
用指尖研磨成寂寞的粉末
今夜
终于在我窗台洇开

风，把它变成我的身形
吹向有你的方向
我的思念
飞向你

雨，淅淅沥沥下着
好像你的声音
在我耳边
我倾听着你柔美的话语

在睡意稀薄的黎明
一只无形的手
轻轻梳理你柔软的头发
那是我最后的呵护

你从梦中醒来

请不要责备我的冒昧

是风捎来一个失眠者的秘密——

思念的痕迹

期盼你的黎明

月光满载着清凉，闯进我的书房
我向窗外扭头，畅望远方

我越过高楼，来到你的梦乡
我要摘去你心中孕育的一颗珍珠
把它变成你的身影
为我的夜发光

你沉浸在甜蜜之中
让所有的呼唤全部落空
夜把我推向无穷的深渊
你的笑却是那么轻松

今夜，我要让你闪亮的身形
握住我的手，像往日一样
移动在桃花林中
我要在初开的花瓣上
品味你的肤香

你终于发出了回音
不愿让秋后的色彩寂寞了眼睛
你甜美的声音在平静的湖面泛起涟漪
我倾听着你
用月亮刻录你的甜蜜

你走吧，趁着花儿未谢的时候
让那些嫩绿的小草
在清冷的夜为你撑起一盏长明的灯
只是别忘了
那些渴望雨水的枯枝也在期盼你的黎明

静静的夜，我用月光在地上的反光
裹着寒冷的身子，畅望远方……

蝶与莲

滴翠的莲叶像一片绿绸
连接着蓝蓝的天
红色的莲花摇晃着耀眼的阳光
露出一个个笑靥

一只彩蝶飞来了
被莲花的艳丽吸引住了
盘旋着，盘旋着……
似乎陶醉在莲花的浓香中
彩蝶在莲花上睡着了
梦中变成了一颗莲子
在莲花的故土生了根——
莲藕的心眼是相通的
丝绪也是一致的

彩蝶一朝醒来
带着梦飞向了远方
回想与莲结藕的故事
却不能再回莲花的故乡

秋夕望远

（一）

火热的夏从树梢悄悄走过
一堆鸟鸣就被西风吹散
遥望天边
我听到了一片落叶的孤单

远处的落日
浮在江面
在与水的亲密中
释放最后的灿烂

一抹余辉
夹杂我的期盼
透过秋风
让扑面而来的夜时明时暗

一次又一次无声的眺望

直到月亮收藏了我的所有思念
问问远方　当一片树叶从你眼前飘过
你可曾收到我夏日的祝愿

(二)

被封存的记忆在此打开
离愁像一江秋水汹涌涨满
从一张纸的距离到刻意回避
这就是你我之间的万水千山

你已经不需要我的祝愿
远方的青瓦上有你传递信息的炊烟
冉冉上升的炊烟
曾经是你我的期盼

你那远去的背影
让整个夏季波涛再现
一个季节的心事被狂风卷起
随着青烟滚动江面

真希望一场秋风之后
烟云离散
你也在那端无声地望我
直到一片红叶飘零到你的窗前

约网友喝茶

今天心情闲适，约了网友来茶楼
我们相对而坐，叫来两杯碧绿的清茶
我们谈诗歌，谈人生
谈得一时无语
我端起茶杯，想换话题
我说——这小伙懂茶道，水到七分而止
她举起茶杯
透过碧绿的茶水望窗外的蓝天
茶杯正好遮住她的半张脸
窗纱飘起
我俩开始沏泡一种宁静
已是午后四点，阳光转阴
墙角盆景中的那株植物兀自地绿
窗外一只鸟在盘旋，似乎无枝可栖
又一阵沉默，我们两眼对视
说话的欲望如杯中淡去的茶
我们回避情感，却放任自己的眼睛
在对方脸上游荡
浓酽的心，被茶水挤满

茶凉了

我们还相觑在久久的沉默中

2015. 5. 1

为你写诗

为你写诗，要写得恰到好处
就要坐在飞鸟的肩上，撷取高山之雪
对比你的纯洁
或者，从海的深处，一只水母的飘舞
感受你的神奇

这还不够，我还必须打开长江的闸门
让往事的波涛，追赶逝去的风

为你写诗，起笔，是峨嵋山的晨曦
落笔，或许就是长河的落日
我写下水葡萄，你的眼光就眸动秋色
我写下火玫瑰，你的体热就溶化冬霜

当我写到春暖花开，面朝大海
你的身影，就是一只海鸥
穿过霞光
在我的肩上久久矗立

亲，想你了

亲，想你了，最想是你的眼睛
总是那么灿烂。闪烁的光，照着我的心
我的心至今还晴空万里
你的眼睛好像有露水
水汪汪的一双大眼睛，简直就是两颗水葡萄
忽闪忽闪的，让我好难不心跳

亲，我好想你，特别是在寂静的午夜
月亮也为我发愁
滴答的钟声，就是想你的步伐
想你嘴唇的棱角下，一排洁白的牙齿
你那舌尖上的甜蜜
让我第一次感受到人间的存在

亲，我真的想你，想你在车上，呼呼的风
替我梳理你的头发，欢乐
在飘逸的发尖上舞蹈
而我一直没敢说出，我怕一说出
世界就会变了样

时间也变得太快，车子再慢，也像在飞

亲，我实在太想你了
想你妩媚的脸，想你纯洁的心
甚至你那鼓满风帆的胸，我也想过
只是我没有扬帆踏波的胆量……
我现在只能想你的灵魂了
因为我能给你的，也只有我的灵魂

亲，我想你了，可是我凭什么想你呢
我只有一颗没有希求的心，还有我的灵魂
可是我不能不想
无论前面是红灯、绿灯，还是
春季开花了，秋季结果了
我都会想，真的会想……

如此的近

如此的近，近得可以看见
你眼中的我
可以听见，你呼吸中的落寞
月光把我的心事写在你的脸上
我的爱，在你的心跳中诉说
你的防线
在我的拥吻中滑落

动情的声波，是静夜的二弦琴
在我的心上演奏甜蜜
你把美丽全部交给我
用春光，消除了季节的距离
此时，我多想做一个胜任的护花使者
用全部的心血
保持你青春的张力

我曾经朝思暮想而不敢触碰的女神
如今，我的骏马在你的草原上
肆意纵横

当春的花蕾怒放
冬眠的马蹄也被唤醒
向着终点，放荡不羁，任意奔腾
所有的秘密
就让它在今夜的烈火中生成

湖光掠影

水，是整个下午的主题
船，是水面的尺标
偌大的湖，空荡荡的两个人
湖，是一面镜子
一串笑脸，一串笑盈盈的眼睛
轻轻地张贴在镜面
抬头一看，她笑的酒窝窝
盛满了酒，陶醉了我的心
在水的中央，我看到了
她眉尖上的柔情
秋波在浸染我，我把爱
撒在湖面，漾起一片涟漪
岁月奔跑的倒影
记录着二人世界

我的眼神像湖水
无数次地将她淹没
但没有淹没她的笑
她的笑，堆在淡红色的围巾上

我轻轻一抖，笑声洒在了湖面
湖面变成细碎的波纹
风扬起她的长发
那飘在空中的瀑布
让我再次看到她飘逸的神采
我用一个眼神
侵入她的内心，然后
偷偷地在她心里押上韵脚

微风从湖面吹来一段记忆
那时的歌，那时的舞
就像水莲花在湖面绽放
我就像一条红鲤鱼
围着水莲花游弋
湖岸的芦苇花在缓缓摇头
告诉我前面的路打了死结
但我还是想把心种在她的笑里
然后越过暧昧的桥，用真情牵住她的手
因为牵住她的手
就牵住了幸福和甜蜜
就可以抱着年轮
陶醉在她盛满酒香的笑里……

车内的幸福

车，驶向小河边，在一片林荫下停了下来
暗淡的光，掩盖了她的羞涩
她躺在车的后厢，头放在我的腿上
我凝视着她的眼睛，一只手轻轻地抚摸她的脸
此时，没有言语，一阵沉默，我在读她

她的眼睛闪烁纯洁的梦
脸上写着青春的诗
我的手成了阅读器，在她身上
扫描更多的信息

我笨拙的嘴，忽略了她内心的爱
她用抽泣，撕我的心
我用野蛮的温柔，安抚她
嘴唇像一只蚂蚁在她脸上游走
她用舌尖点燃我，诡异的笑，提升了我的体温

在春天和秋天的交集点，没有季节的距离
她忽略了我脸上的岁月

我的爱在丈量她的体积，心在感受她的重量
此刻，她属于我，她的整个版块属于我，身心属于我
我拥有了一个完整的女神
——一个我梦中的偶像和美人

盛夏的夜，如此静谧
偶尔一对情侣哼着快乐的小曲从车边走过
可他们哪里知道，车内的幸福
正在悄悄展开……

今夜，不需要月光

（一）

今夜，不需要月光
不需要音乐制造氛围
不需要红酒浸染平静的血液
今夜，只想把我的目光
停留在你的脸上
只想从你的眼眸中求解爱的谜语
只想紧紧地抱住你
来一个三百六十度的旋转
只想把你音乐般的声音
谱写成爱的弦律

（二）

今夜，我瘦弱的身子
已经鼓胀成相思的帆
今夜，我要向着美丽的维纳斯起航

在你悄悄升温的血液里逆流而上
今夜，我要让我的爱在你身体的内部发酵
让你身子的每一个毛孔都散发我的爱
我要用千吻
织成爱的网络
让美丽的女神从此就范
然后向所有人宣布
今夜，我是最幸福的人

幽　会

灯光微暗，她明亮的眼睛闪向天空
秋风飘起的长发，像流动的波纹
连接天边的星星
时间的河，飘浮她的身体

我解读她的身体，像解读谜语
昏暗中
我触摸到一个词：是山峰，是河流
已经记不清楚

一场故事从这里发生
此后，我再也不想看大街上的美人
所有的往事都失去了记忆
只有她，一直牵动我的灵魂

我依然不是主角
但我做了一回我自己
她醉人的目光
记录了我的存在

在逐渐消退的月光中，我打开她的心扉
我用体温验证她语言的热度
她的热血在融化我
我的身体失去了重量……

大海的琴音

远处，一个声音急促而来
我屏住呼吸，凝望大海
是谁在弹奏琴音，为什么如此熟悉
那些记忆的尘埃，顿时扬起

海浪扯起一面竖琴
琴音驾驭着海潮向我涌来
乌云裂开
一道霞光映射隐秘之星

突然的琴音，封锁紧闭的嘴唇
许久的迷茫，只能在海底沉没
海潮，在沉寂中暴发
琴音，在海浪中诉说

海潮去了，天空出现一个“问”字云
你将何往？
我望着海的尽头
那人，在水一方

又到海边

又到海边，我看见一只海鱼在吮吸幸福
引起了我的嫉妒
我想离开海边
温暖的沙滩却拽住了我的脚步
夕阳在波尖上闪烁
海鱼在浪涛中出没

我勒住思想的缰绳，让时间锁住我的心
可是面对海鱼
我的心就不能平静，就会波浪翻滚
此时，一只小船驶向远方
我仿佛看见船上有她的身影
在碧空中渐远而尽

我希望她走向光辉的彼岸
有一个温暖的港湾
可是我好像还有对她抒情的意愿
我想跟她一起拉开大海的界面
让我的视野在霞光的辉映下

与海同宽

夜，还是把我带进孤单的深渊
海上的风景
终于在我的视线中沉陷
小船已经走远
我还在希望海风逆行
满足我此时的心愿

梦到冬天

火热的夏在挥洒我的汗水
制造我的失眠
渴望的雨终于来了
沙沙的雨点打在窗外
我在雨露的滋润中
渐入梦境

我突然进入了冬天
那是另一个世界
所有人的鼻子都比我高
我的肤色也很另类
蓝天白云
不冷不热
阳光也很明媚
只是我成了哑巴
一句话也说不出来
我想找一位同伴
找呀找呀
总是不见踪影

突然，我看见了嫦娥
肤色和我一样
我万分惊喜，猛追过去
结果被一个突如其来的雷电
打回了夏天

我摸摸窗台的边沿
冷冰冰的玻璃
还真有一点冬天的感觉
可是火热的夏依旧蔓延
失眠的夜依旧继续……

我是一朵心形的云

你走了。我的魂
成了一片被风吹落的红叶
失去了依托

我想寻找紫薇花
我想在它盛开的时候
悄悄地着陆
从遥远的地方
突然出现在你的面前
哪怕只有一个瞬间
但我无法调整
地球转动的时差

其实，我是不敢靠近你
不敢让我沸腾的血液
染红正在盛开的花瓣
不敢让内心的思念
火一样地燃烧
不敢在紫薇花盛开的郊野

托起你的手，轻轻地
放在嘴唇边
我只有变成一朵云
变成一朵心形的云
远远地看着你
远远地感受你的气息
品尝有你的滋味

而今，我只有素心一朵
顺着紫薇花下坠的花瓣
偷偷地滑落在你的眉尖
悄悄地依附在你的发梢
为你的未来祈祷……

黄昏的叹息

叹息，是彩虹的影子
高高悬起
云彩的桥梁连接
地球的南极与北极

一场雨，藏在乌云里
此时，不想发泄

我独坐地球北端
整理一杯柳绿或者荫暗
一只鹦鹉喝多了酒
用舌尖释放友善

甜蜜，曾经滚出口红
一颗樱桃
曾经把我触动……

一枝花，插向地球之南

在黑色的背景下
光彩是怎样的灿烂！

雨　夜

夜，被雨纠缠。黑色无边
世界隐去
只有淋淋的泪，其实不是泪
是雨变成泪的感觉

刚刚退去的宴席上
灯光下的美人像一座雕塑
那是“活的建筑”
正用沉默和静止展示其魅力
我不是“建筑”的所有者
我只是一个欣赏者
她的各种构造是那么完美，那么扯眼
透过她那闪亮的门窗
可以看到
不可名状的隐秘光标
光标把我的记忆激活
原来是早年的同学
一只小燕子，变成了金凤凰

视野被夜吞噬，但雨还存在
灯光下的那座雕塑
仿佛还在雨中闪亮
而此刻，我已是归巢的鸟

我想写首诗给你

我想写首诗给你。用风作笔，地作纸
写什么，我还不知道
那边的牛正在吃草
我怕山坡上的牛知道了，会有看法

写在沙滩上还是写在草坪上
我也没有想好
山坡上有一片阳光，就让那片阳光
捎去我的诗意吧

只是风有点大，会不会把阳光吹走
会不会惊动那头正在抬头的牛
要是没有了阳光，诗还有什么意义
要是牛有了看法，又如何解释

风，正在吹冷我的一杯茶
天气开始转凉，可心依然火热
我还是想写首诗给你
但我不知道应该写在哪里

燕子来了

不是燕子不来
是冬日的林野太长
残雪挂在枝上
冷风瑟瑟作响
——他想

冬天已经被雪溶化
红的铁脚海棠，白的红叶李
都开放了
还是没有见到燕子
是气候不适合了吗？
——他问

三月正在燃烧
那杜鹃花红一团又一团
那郁金香鲜红的橘红的
火一样的光芒
把太阳都羞得白了脸
燕子啊，美丽的春天

不能没有你
——他感叹

燕子来了！燕子早就来了
它不要花朵的鲜艳
它不要过度的热烈
它只要那朴素的老房檐
那旧时的巢
——他明白了

他要把三月的鲜花，留给
六月的夏，让累累的果实
迎接纯洁的雪花
把四季的美好
献给燕子的家

我的秘密

我的秘密是楼道上的跫音
当你发现时，我已在自然一望中
偷偷地探望你多年

我的秘密是沙滩上的笔尖
当你回忆时，会有早上的阳光
轻轻地掠过你的脸

我的秘密是树枝上的新叶
当你看到时，那便是
我寄给你的又一个春天

我的秘密是触摸在你照片上的手指
当你感觉到他的体温时
那就是我梦中的一首诗

今夜我醉了

今夜，我真的醉了
就喝了点红酒，感觉身体在燃烧
我披着风的披肩，迈着
梦的步伐，在月亮的发丝上微笑
树枝拨弄夜的琴弦，我在
钢丝上行走，影子开始尖叫

是谁在帮我，一辆车驶向我身边
把我的影子载上，司机的脸映着月光
月也皎皎，人也娇娇
我的身影与司机只隔半寸气息
我的身体与之保持距离
酒气在话语中蒸发，思绪向司机奔跑

我真的醉了，但我的心境
像月光一样明朗。我敞开的心扉
应该没有杂质。我的影子随车而去
我的心一直锁在我的胸腔

我真的醉了吗？我没有说胡话吧
我记得那辆车行驶的方向，它载着
我的灵魂和我的目光……

那　夜

那夜，我们在江边散步
我们并肩而行
灯光下，有两个移动的身影
我们一直说话
叙旧，偶尔手碰着手

我们停下来，望着江面
你的手反复揉搓秋风
我看着你
把秋风拈成一根丝线
让它牵连着我们的衣衫

我想起刚才的酒宴
你一回眸，我被淹没在夜色的秋波里
我望着你的秀眉，举起酒杯
轻轻敲动月色，用明亮的月光与你碰杯
那时，我的手一直攥着一种期待：
就是和你一起逛街

我品味着你
就像品味一种醇香的酒
虽然不能拥有
却想就这样多走一走

那夜已经远去。留下的影像
成为珍贵的回忆
我真想留下你亲手拈成的丝线
作为江边散步的永久纪念
但愿，这也是你的心愿

昨　夜

我用一支笛
吞下了夜　吐出了月亮
月亮响彻原野

我摘下一朵云
做成小船
划向那紧闭的天窗

天窗突然开了
仙女散花
我的身体被一枝花升起

花越开越艳
最后绽放两句诗语
“天空睡着了　梦依然亮着”

我终于明白
清晨的明媚
将是仙女灿烂的另一面

独坐小径

一条熟悉的小径
绿意盈盈，一片寂静
没有花容，没有月貌
没有灿烂与辉煌
只有静静的葱茏
只有默默的幽深

独坐青石凳上
任银杏枝叶婆娑
任白云在天空缭绕
我只有昨日的梦幻
只有梦幻中的回忆
只有回忆中的你

两声鸟鸣，一阵禅心
闭上眼睛
你的影子向我走来
还是带着微笑
还是那么纯真

脚步，却被鸟鸣阻止

小径幽长幽长
一直伸向黄昏
我与小鸟对视
彼此都很宁静
我内心涌动着甜美
把对方一望再望

你是谁？

在照片上抚摸你
在睡梦里见过你
在诗歌中写到你
你是谁？
可我怎么也无法知晓你

或许——
你是月亮的影子
你是柳丝的轻柔
你是湖面的云彩
你是昨夜的迷离

你让我心醉
你让我心碎
但是，我只要想起你
我的内心就少了疲惫
我的精神就有了依偎

其实——

你就是清晨的一朵玫瑰

你就是傍晚的一杯咖啡

你是新婚的喜糖

你是别人的新娘

你是我永远的想象……

吻

（一）情人节的吻

风，抖出一冬的相思
亲吻大地
柳丝高高扬起
它在接受春风的吻
小鸟被梅枝的香吸引
加入到吻的行列
种子开始躁动
从泥土张口
偷看情人节的吻

（二）我感觉到了你的吻

昨夜，我感觉到了你的吻
你的吻，仿佛是初春的柳丝
在静静的小河边抚摸我的脸庞
你的吻，仿佛是丝丝细语

在深夜的月光下缓缓流入我的胸膛
你的吻，仿佛是天使的眼睛
在滚滚红尘中放射出圣洁的光芒
其实，你的吻是一首催眠曲
把我带入了甜蜜的梦乡

我在梦中扔掉他的手机

昨夜，一朵白云载着我和他
而他，只看手机不看我
我偷偷拿走他的手机，从云的空隙溜走
乘坐一只小船在大海的波涛中
张望。我要看看他对我的态度
可是他居然不理我
我望着天空大喊
他却挽着嫦娥的腰向我致意
我举起他的手机
他立即推开嫦娥，向我招手
我突然想起一段网语——

我不做你的红颜，不做你的情人
我宁愿做你的手机
你会每天把我捧在你的手里
把我贴在你的脸上
把我放在你的嘴唇边
我知道你的一切，了解你的所有
如果你偶尔把我忘了

你会着急得四处寻找
不是我粘着你，而是你离不开我
你若欺负我，我就死机给你看

可是我并不想做他的手机
我只想做他的爱人
而他却因为嫦娥放弃了我
又因为手机放弃了嫦娥
他是什么人？
或许只有玉皇知道
我找玉皇评说，玉皇不见踪影
而他，却踏着白云大笑
我终于愤怒
把他的手机扔向大海……

六月雨

六月的骄阳孕育傍晚的雨
鸟语藏在雨中
吊兰听出了鸟的心思
用一抹新绿触碰雨丝
把安慰传递给寂寞的梧桐

雨，经过九十九条小径
把梧桐鸟语谱成歌谣
让它去邂逅远方
远方在沉默中聆听
用安静收割雨后时光

梧桐已被岁月折腾
皱折挤满了内心的苍凉
只有鸟语为之诉说
六月雨把它录制成歌谣
但不知歌谣能否在远方落脚?

第三辑

穿越舞台魔方

行走在雪域高原

在地质部门工作20年了，去过许多矿区。但最撞击人心灵的是高原地质调查，队员踏遍图区的高峰低谷，在艰苦中品尝了人生的神奇与壮美。

——题记

（1）雪色高原

茫茫的雪野
时而清淡，只有天之蓝地之白
时而鲜艳，五彩经幡为天空和大地着色
路，笔直得像画出来的
一直伸向天空
飞驰的汽车由大而小
溶化在蓝天中

（2）沙漠风暴

荒凉的沙漠

让人感觉到了苍天的尽头
正当留恋青春绿洲的时候
狂风大作，把头发吹得像枯草
六七级的大风裹挟着沙尘怒吼
队员们只能抱头蹲下
谁也不敢抬头
风，终于过了。沙漠一片平静
但没有了骆驼的脚印
路该怎么走？

（3）高原反应

海拔越来越高，身体开始变轻
耳朵像紧紧塞了棉花
看得见对方张嘴却听不见声音
能听到的只是自己的说话
空气稀薄，气压变低
抽了真空的食品袋膨胀得快要爆炸了
大家比着手势，露出绝望的神情
一场吃药比赛开始了
这时候谁都有点想家

（4）深山奇遇

刀砍斧劈的山谷中

一派没有人迹的宁静，好奇怪
两只棕熊摇摇摆摆地走来
大家眼疾手快，迅速躲进车里
棕熊围着汽车打转转，就是不走开
队员们把鞭炮放进易拉罐
声声爆竹吓走了棕熊
也赶走了一身的疲倦

（5）高寒生活

高寒地带随时都是冬季
带的水会结成冰
口渴了就只有嚼冰块
有的队员索性用面包夹雪吃
这样比嚼冰块痛快
压缩饼干像锉刀一样
吃得人张口就流血，最渴望的呀
就是蔬菜
流鼻血更是经常的事
在高原一点也不奇怪

（6）藏家情意

其实，身在高原并不寂寞
经常会有藏胞友善的呵护

一位藏家老人见队员嚼冰块
便将热水瓶捂在怀里走了五里路
给大家送来了开水、奶酪和萝卜
队员们下山到他家
他杀了羊，煮了饭，还让漂亮的小姑
献上惹人嘴馋的青稞酒
他说：今天我要给你们暖暖肚

(7) 草原风光

宽广的草原是放松心情的地方
牧羊女歌声飞扬，又戛然而止
一声响鞭，响透蓝天
羚羊成群结队，悠闲地吃草
一见生人便从车前飞奔而过
然后回头一望，显得多么骄傲
大自然的灵秀之气
使队员们常常忘了辘辘饥肠

(8) 闪亮成果

长时间的高原生活
让队员们脸上多了些沟沟壑壑
二十多岁小伙子的脸
堆满了红色砂砾岩

他们头发掉了，体重轻了
但换来了一个个闪亮的地质成果
铁矿点、铜矿点、岩浆岩体
还有地图上的圈圈点点
他们的内心充满了成功者的无比快乐

雪中行

白天鹅的羽毛漫天飞舞
小草不见了
茅屋不见了
小溪也隐藏了绿色的音符

只有几个找矿人
留下一串靴印
靴印渐行渐远
成了雪地的一道风景

帐篷不再单薄
厚厚的雪被抵御叛逆的风
晶莹的冰柱
述说七彩的梦

一支彩旗
标志我们的队部
一团篝火
保持血液的温度

远山
家乡
还有与桃花有关的故事
撑起一个红红的太阳

古边关的小曲

这里是古时候的边关
向西，有大漠的孤烟
向南，有长河的落日
但看不见长烟落日的孤城

没有路，即使有
也不知通向何方
蓝色的穹庐
笼罩所有的高峰低谷

眼下，除了苍茫的山
什么都没有
只有钻塔比山峰还高
一直唱着粗犷的小曲

偶尔有几声狗叫
但没有鸡鸣
因为这里没有村寨
只有简陋的工棚

一个月色皎洁的夜晚
工棚沸腾了
有人唱起了歌
还用二胡跑起了奔腾的马

是地下的宝藏苏醒了
为地质人抹去脸上的汗水
诱发了他们的笑声
笑声打破了山野的寂静……

矿区四月天

雪
一派银装
无边的
白
脚踩下去
一个深深的靴印
无数的靴印
镶成了一条路
靴印被夜带走
路
无影无踪

冰
一排玉笋
倒挂檐间
一尺长　二尺长
晶莹剔透
太阳出来了
好一组彩色光灯

七色的光
辉映
山
野

他
热血沸腾
比气温高出五十度
产量上去了
胸前多了一朵大红花
昨夜做了一个梦
儿子牵着妈妈的手——喊
爸——爸
快告诉家里一个喜讯
这里的矿石
正源源地变成黄金

站在金矿的高处

——2009 年 8 月于青海海鑫矿区

山，天边的弧线
冬天白，夏天绿

蚂蚁和毛毛虫搏斗
自由自在

阳光依然照耀
显示着公平

汽车停在红灯路口
只是一种记忆

黄金的光芒，就是
从这里
闪耀在秀女的胸前

矿区夜色

(一)

月亮在山上慢慢地移动
上夜班的人比月亮还高
仿佛在天边行走
灯光幽冥的宿舍旁
笑语声声
小伙子们仰面就是一碗酒

(二)

风，呼呼地吹
似乎在和机器对歌
虽然没有耀眼的霓虹灯
这里依然洋溢着快乐
你听，那个年青人
一边开机器一边还唱着歌

（三）

山谷的一点星光
牵动一位城市姑娘的心
刚分来的一位大学生
正通过视频和女友相亲
他的爱穿过崇山峻岭
涌动着矿山青年的青春

（四）

一阵掌声打破了夜的宁静
提前完成任务的喜讯
振奋人心
工棚里新的规划图
催人奋进
矿山人就是要摘下满天星

工地恋语

——献给治理汶川地灾的冶勘人

山间的云朵，飘出一堆温柔
把泥石流动的痕迹，层层覆盖
工地小屋
被昨夜的雨水清洗，亮出清晰的几何图案
那奋战的横标，如同红色的腰带
把山峰打扮得更加壮实。远处
挖掘机与山泉对唱
传来高山流水般的美妙
一位帅哥牵着晨辉走来
用手中的图纸端起大山的神韵
他的背影
一端连着村民，一端连着青山
他滔滔不绝地向我们述说治理蓝图
如同身旁的松树，挥洒着旷野的洒脱
而我此时发现
小草滚出的绿，铺满了山峦
每一颗晶莹的露，都与阳光有关

那一勺不是酒

——汶川工地2014年“三八”活动花絮

那一勺不是酒
那是瀑布飞流直下，直抵五脏六腑
我的全身温暖得快要燃烧了
我看见——

山间云雾升起，七道彩虹铺路
七位仙女从天而降
醉人的眼睛如同朝阳下的露珠，晶亮晶亮
一阵轻盈的笑声
伴随叮咚的泉水，荡起我耳畔的潮红
她们那一眼秋波，深透得让我不敢执拗
我只有用最干脆的姿势
把仙女们的琼浆玉液都往肚子里装

那是人间的四月天
我仿佛从冬眠中醒来，感觉全身在燃烧
不是被酒沸腾，而是被梦陶醉
其实不是梦
那是真真切切梦的感觉……

同学会

青春被岁月偷走
时光夺走了俊俏的容颜
相隔三十年
见面礼是一张皱巴巴的脸

我们有永不变调的脸谱
相逢不需要名片
说起童年的鼻痕
笑声把酒杯一次次装满

相同的时代
经历了不同的命运
不同的经历
带来一样的欢欣

五十出头，四十挂零
都成了一株株挂有果子的树
树啊树，脚下有落叶
果子随风舞

今日借酒话往昔

明日相念各东西

留下一张合照吧

感情的路标将指引我们再相聚

郊外纪事

（一）

偶尔去郊外
想呼吸一点新鲜空气
没想到
抬头还是太阳
低头就是暴雨
这天变得好快
在哪里去找雨具？
这突如其来的雨
躲也无用
天有不测风云
只好由它而去

（二）

在一个看似雅致的农家乐
想歇一下脚

老板开始还带着笑容
拿出菜单，反复推销
一个劲地说
他的菜怎么个好
当我发现卫生太差
不愿多坐
他突然变脸
变成一个骂街的恶婆
此时，我真不知道
应该怎么才能躲过

(三)

出了农家乐
有一条狗，汪汪大叫
直向我扑来
我做了一个防身的动作
还是被咬破了衣服
我终于不敢懈怠
可狗一直咬住不放
我该怎么离开?
我手里没有打狗棍
我也不可能咬狗一口
天呐!
我该怎样对待?

这一天

上　午

就要宣判了。一派肃静
被告是我的同乡
因一刀捅死了入门的行窃者，犯了死罪
他的亲属、朋友、同事，还有我
都屏住呼吸静静地等待
都不想漏掉法官的每一个字
此时没有悲，没有喜
只有静。当法官念到
“判处有期……”
所有悬着的心，终于落下

下　午

十几个车相撞，一派惨烈
尸体越来越多
十一……十三……十五

救护车的警笛压不过哭声
成绵高速成了车的死结
我庆幸
我的一个预刹，让我完好无损
但我没有一点喜悦。此时
要是有微笑
就是与人类为敌

晚　上

终于赶上了朋友的婚礼
锣鼓喧天，鞭炮齐鸣
人人喜笑颜开，走路的动作
也有音乐的节奏
刚才的惨烈，只有强压心中
任何悲伤都与环境格格不入
我惊恐未定
只有悄悄地到厕所里去表露
这里只有欢乐
没有悲伤

这一天，在不同的氛围中变换

军营的一天

（一）看营房

走进兵哥哥的住地
整齐划一的床被
让人惊叹
军营的绿，一下子吸引了我
我试了一下床垫
轻轻地触摸一下橄榄绿
绿色的汁液
顿时进入我的血管
像一滴水
从植物的根到顶
形成青春的萌芽
一个战士的遐想
连连不断……

（二）打靶

芳草茵茵的靶场上
战士严阵以待，我们也严阵以待
我把欲望压进弹仓
希望落在靶心
心放到准心上
一扣扳机
子弹飞向敌人胸膛
我被枪声一震
震出一身精神
此时，夕阳悄悄地挂在天边
把我的威武
映在靶场

（三）坐坦克

坦克穿越凹凸泥路
起起伏伏
我的手紧紧握住一号炮手
差点握出战争火花
一段丛林
尘土飞扬
满身的泥黄，把我装扮成一个战士

我进入生死度外的境界
感受到一个军人的伟大
我看到：
我朝夕相处的同事
他们的坦克向我而来
炮筒高高，越过扬沙
我向他们致意
传递此时的快感——
快乐的军人之家

2015.4.18

在游泳馆

盛夏来临，游泳馆成了消暑的好地方
那整洁的环境，那清澈的水
投身下去，可以消除一身的疲惫
卸去身上的衣服，好像卸去了人生的负累
轻轻浮在水上，一游就是几个来回
几百米不累，一千米也不累
美中不足，就是没有鱼儿相随
想起童年在鸭子河边
水草幽幽，游鱼相追
偶尔躺在沙滩上，细沙裹身，全身陶醉
兴致来了，一个弧线，高台跳水
那真是一种特别的滋味
现在的游泳馆：干蒸，湿蒸，健身
样样齐备
五十元一次，也不算贵
只是没有白云，没有蓝天，死水一围
好在新学者可以包会
老会员有人捶背

不管三七二十一，我更在乎

下了水

无论什么人，谁也看不出贫贱富贵

被猫哽死的狗

昨夜的天空，替我掉下了泪水
其实，我不会哭
只因我的灵魂正在悄然离去

那个清晨，同行的人告诉我
实验室旁边的树下
死了一只狗
而那时，我刚好从那里路过
无意识又有意识地
瞥了一眼。从此
我便踏上了离魂的路

我不想看见凄惨的模样
可是我心里却从此
开了一只眼，目不转睛
因为树的旁边
有一只哽死狗的猫

我们究竟错过了多少？

——根据张德芬博文而写

他在地铁站入口处
拉着巴赫的作品
然后拉舒伯特的《圣母颂》
那天，温度很低
他连续演奏了四十五分钟

那是早上八点过，时值人流高峰
一个中年男子发现了小提琴演奏
他放慢脚步，停留了几秒钟
然后又加快了脚步往前走
过了一会儿，他得到了第一张钞票
一个女人扔下的一美元
但她没有停下来，一直往前走
再过了几分钟
一个年轻人靠在对面墙上听他演奏
但看了看表也走了
只有一个小孩要停下来想看个够
但被妈妈用力拖走了
小孩一边走一边还回头

整个演奏，只有七个人有同情的意愿
他那一顶口面朝上的帽子里
一共装了32美元
当他演奏结束
没有一个人理他
没有一个人给他鼓掌
没有一个人发现他
原来他是约书亚·贝尔
是当今最有名的小提琴手
就在前两天
他在波士顿歌剧院里的演奏
门票上百美元
却座无虚席，一票难求

他在地铁站的演奏
是《华盛顿邮报》一手策划
目的是
测试人们的感知和品位需求

卖菜的女人

邻家的孤儿要上学了
她推着一车鲜菜匆匆奔向市场
脸上的汗水和额上的皱纹
构成纵横交错的线路

她背上孩子的哭声
让喧闹的市场显得宁静
青葱，白菜，西红柿
在她的秤盘上变换角色

孩子的哭声勾起往日的记忆
丈夫在地震中失去一支腿
邻家的儿子失去了父母
她瘦弱的双肩从此担起两个家庭

她把一堆钞票分成两份
一份是邻家孩子上学的生活费
一份是自家的油盐
还有丈夫生日的一杯小酒

夜风扬起她飘逸的长发
车轮转动着希望的岁月
她用柔美与坚强
追赶明日的太阳

洗脚妹

她的“点钟”最多
因为人俊，态度好
客人的评价也高

她每天辛勤地洗，辛勤地揉
手指变形了，双手粗大了
她在所不惜
自立是她最大的快乐

她也有痛苦。在城市的霓虹灯下
她接触了许多变态的“脚”
那些酒气熏天的顾客，当他们醉语放粗时
她承受了侮辱
她一边防卫，一边用朴素的微笑
让他们快乐

她挣的钱是干净的
但她不敢如实告诉父母
她要让父母放心用自己的钱

作为给家庭的帮补

她自从知道自己是一个弃婴
被父母捡抱以后，便有了担当之心
当受到屈辱独自流泪的时候
她想起父亲卖血也要供她姐弟俩上大学的心情
她不再感到心酸，因为
她必须为父亲分担

她失去了一双白嫩的手
换来一颗坚强的心
她一边工作，一边学习
要用自己的双手和汗水
从别人的脚板上，走进大学的门

她的“点钟”最多
因为态度好，人漂亮
可是谁又知道
那个林荫道上，一个用心读书的人
就是这样一位姑娘

理发姑娘

这是一间临街的铺面，干净明亮
理发姑娘，戴了一副眼镜
她参加过高考
因名不上榜，开了理发店

她凭自己的双手，创造自己的未来
她改变着自己，也改变着人们的视界
她知道，这是一个不起眼的地方
却是人人离不开的地方

她用自己的审美，装饰陌生的面孔
她明白，一个人想改变自己
总会从理发店开始，因此
她总是为客人修剪出最满意的面容

她要让客人经过她的手
焕发出光彩——
走出理发店，以崭新的面貌
走向自己的人生舞台

她有一双明亮的眼睛
闪动着她晨曦般的希望
她从山里而来
带着城市的梦想

她们都是母亲

她，一个擦皮鞋的女人
背上背着一岁的孩子
淡红色的棉袄系着蓝色的围裙
她的前面
摆着一个木制的小板凳

她，一个身穿黑貂绒的女人
领着一个五岁的小男孩
她让小男孩坐在那木凳上
亲自帮小男孩伸出一双脚
亮出高级但不发亮的皮鞋

她，微笑着低下头再低下头
埋头于小男孩的一双脚上
一只手紧紧地握住皮鞋
另一只手用鞋刷快速晃动
把小男孩的皮鞋擦得锃亮

她，从钱包里抽出一张五元的

放在小木凳上，然后
牵着小男孩的手
一边亲，一边走

她，捡起钱
看了看背上的孩子
望着离去的母子
露出了苦涩的笑脸

2015. 5. 10

弟弟在我背上

弟弟一岁多了，还在我背上
我整天背着他干家务，干农活
爸爸安心，妈妈放心

我曾经也在妈妈的背上
妈妈背着我播种小麦，收割水稻
我知道妈妈辛苦
我从不哭，从不闹

有一次我想尿尿，妈妈正忙着点玉米
我憋不住了，洒在了妈妈背上
妈妈累得满身大汗，尿水和汗水混在一起
我好怕妈妈骂我
可妈妈干完活，把我高高一举
我看见：妈妈笑得还是那么欢喜

如今，我可以帮妈妈了
妈妈背上少了一个包袱，干起活来更上劲了
她要让进城打工的爸爸放心挣钱

要让我和弟弟都能念书

弟弟在我背上很开心
他叫我姐姐的时候
我会拉拉他的小手
这时他会咯咯地笑，我也会笑

2015. 5. 20

修自行车的人

他的修车铺就在小区楼下
这也是他的家
几平方米的铺子，一张床，一堆工具
他有一个残疾的女儿曾经跟过他
许多年前，他老婆离他而去
他对半瘫的女儿不抛弃，不放弃
他用锈迹斑斑的手，修复了别人的速度
也修补了残缺的生活
他用一块块冷补胶，粘合了漏气的轮胎
也粘合了人们对他服务的认可
他，一把扳手不离手
从天亮到天黑
一年扭动三百六十五个日子
扭实了别人的行程
扭实了女儿的青春
女儿终于有了自己的归宿
可他还在扭动自己的黄昏
他给了别人美好的前程
却将自己与自行车绑定

多少破漏的轮胎，经过他的手
奔向了美好的未来
而他，依然扭动扳手
春去秋来……

修鞋铺的《良宵》

修鞋铺开业时，曾经花篮簇拥，锣鼓喧天
几年过去了
一个偶然的夜晚，鞋铺传来优美的二胡曲《良宵》
顺着音乐走去，拉二胡的竟然是鞋铺老板

原来老板是一位大学生
毕业后跟父亲学修鞋手艺
本来是为父亲的一点分担，然而
一针针，一线线
缝合了客人的前程
也缝出了自家的生活甘甜
为了让父亲安度晚年
他接过全部的活儿独自承担
手指缝出了裂口，也无怨言
他一边干一边想：这个行业前途无限
只是手工操作，必须改善
于是，他买了机器，买了店面
机器提高了效率，提升了质量
既可修鞋，又可制鞋

从修鞋到制鞋，不断拓展
一边修，一边卖
前景乐观
信誉好，收费低
物美价廉

老板本是“川音”毕业，快乐心情常用音乐表现
今晚的《良宵》就是跟女友领证归来
喜庆良缘
我也和街坊邻居一道，为帅哥美女的良宵
乐成一片……

装修工的感叹

夜风轻轻飘进窗户，掀起
淡蓝色的窗布。啤酒瓶
多了一个，又一个
榨菜没有了，方便面也没有了
只剩下奔腾的思绪在手指上
卷起一圈圈残缺的烟雾

从边远的乡村，来到
城市，他用长满茧疤的手
装扮了多少堂皇的高楼和商场
出自于他手上的豪宅，迎娶了
多少漂亮的新娘
可是他却只有叹息和忧伤

他望着高楼和商场交织的
霓虹灯，想起家乡的小茅房
他望着打扮时尚的女郎
看着自己孤零的生活现状
迷茫的眼睛

望出了多少斑斓的遐想

他想在这座城市有自己的房
有自己的车，有一个如意的女郎
他想啊想
望到茫茫的夜色，看到桌上的
榨菜和方便面
他垂下了头——
这难道只是一个奢望？

逐步平等

在火车上：你有包厢，我挤硬座
因为你是大款
我是农民工
我们之间的差距无非是钱

在飞机上：你在头等舱，我在经济舱
无论你多么高贵
我多么低贱
我们同样飞翔在蓝天上

在地球上：你一百年，我一百年
无论你身价万贯
还是我身无分文
我们都只有一百年

产房前的抉择

她的喊叫声嘶力竭
阵痛已经衰减
新的决断必须迅速

是单保还是双保
他来回踱步
时间在流失，内心在纠结

医生下达最后通牒
必须弃子保母
否则后果更加严重

他还是来回踱步
血液在流失……
内心在纠结

他终于在手术单上签了字
——务求母子平安
医院无可奈何

血河奔流
她已休克
手术已无回天之力

他惋惜，愤怒
声讨医生，状告医院
可是，没有责怪自己

地震之后

她挣扎着发了短信
用一个笑脸符号
隐瞒了被重压的事实

她被救出
躺在医院的病床上
医生告诉她：保住了腿

电话终于通了
老公急切地问：
存款拿出来没有？

她无语
呆呆地望着天花板
一直流泪……

孤单的少妇

丰满的乳房顶住薄薄的外衣
纤细的腰扭动女人的风骚
男人频频的目光
是白天的骄傲

一缕月光照耀身体的高峰
青春的火焰慢慢燃烧
脸上的红晕被夜色覆盖
情丝的幻灯片在脑海跳跃
嘴唇用力咬住枕头的一角
一股暖流在全身涌动
胸部随着鼻孔的翕张起伏
煎熬的夜，久久不能成梦

岁月像门前的小溪流逝
为了忠诚，远离了俊男的游说
外出的丈夫啊
年复一年，不知道你是怎样度过

回头吧，姑娘

你坐在玻璃门前，将胸口袒露
有男人路过就问：“要不?”
你——十几岁的模样，幼稚的脸
青春的姿色，单纯的眼
怎会把自己的身体让别人挥霍
是生活的挣扎还是自己的堕落
不管怎样，我劝你——

回头吧
不要再走了
那是一条黑洞
一直走下去
你会进入迷宫
看不见太阳的光芒
找不到未来的方向
回头吧
歧途岔道总让人紧张
不要把钱看得太重
过点紧日子又有何妨

前面的玫瑰在向你招手

迈过荆棘

就会闻到花香

秘书的苦恼

他望着湖面发呆
一只小鸟从湖面飞过
他为之一震
心里的话
似乎可以向它说说

昨夜，他熬了一个通宵
为领导写了发言稿
可领导一个脸色
让他感觉不好
他当了多年秘书，知道领导的喜好
——他记录的领导讲话已有好几本
为了适合领导口味
他从讲话记录中模仿领导的腔调
效果一直很好
可今天，领导看了稿子
却是一个冷淡的表情
他的心，像风中的湖面
难以平静……

一片飘零的落叶
替他悬着一颗心

正在忐忑之际
电话响起：领导发言得到了上级肯定
要他起草通知：印发下去
虽然天已黄昏
他却像迎接黎明一样
格外高兴……

菜 市

天一亮，那些青翠欲滴的鲜嫩
就摆在了摊位上
蔬菜的水绿
瓜果的清香
还有五谷杂粮

露天的菜市带着田园风韵
家庭主妇们一大早就在这里讨价还价
精心挑选
斤斤计较
然后说笑回家

提一蔸翠绿
装一篮平淡
做一席家宴
菜市
家庭主妇一生的去处
城市生活的另一张脸

它是市长的“菜篮子”工程
它是经济的晴雨表
要让百姓好
先让菜市好

感叹新邻里关系

那时，住在四合院里
每天东家长西家短，过得欢天喜地
谁家的回锅肉香了大家都可以品尝
邻里间没有距离

现在住楼房，左右的邻居窗台相见
却难有一张笑脸
上下的邻居电梯相遇
却还是路人一般

小区的树长大了
风一吹，沙沙作响
小区的人几年了
有啥事，谁能帮忙?

门紧闭，防贼为上
求交流，成了奢望
交往都在微信上
朋友都在 QQ 上

那种你来我往的邻里关系
渐行渐远
在通讯发达的今天
邻里交往，为何如此平淡？

家 风

我想把“家风”写成一首诗
可家风是什么？我说不清楚
或许是平湖上慢慢移动的微波
或许是山坡上轻轻摇动的花朵
有一天——

楼上住户的大儿子出事了
前几天斗殴，被打断了一支腿
他的弟弟去年才因强奸入狱
真是祸不单行
这让我想起几年前的一件事：

他家厕所漏水，湿透了楼下三层
物管员领着业主去察看
他家不但不配合，不道歉
还差点把物管员打伤
他的白发苍苍的父母
他的身着学生装的两个儿子
那气势汹汹的样子

给左邻右舍敲了一个警钟

如今，大家说起这个可怜的家庭
每每想起：
一家三代，怒目圆睁，蛮不讲理的情境
老人少修养，后代吃大亏
这难道不是家风使然？看来

家风，是船夫的牵绳
影响着行船的方向
家风，是下坡路上的惯性
有一种趋动的无形力量

飞机上抽烟的故事

他把一支烟掐成两段
在厕所里悄悄点燃一段
他这种方式减少了烟雾量
在出国以前还没有被发现
他很自在地吐着烟圈

他从厕所出来，一位空姐走到他面前
问：你抽烟了？
答：没有。你看见了吗？
空姐一笑，走了
机长过来了——
问：你在厕所里抽烟了？
答：没有。
机长一笑，走了
他也得意地笑了

到了旧金山机场，两位警察上来
将警报记录和他出厕所的记录放到他面前
他无语

警察告诉他——
你不遵守公共安全规则，美国不欢迎你
请你原机回返
他傻了眼

在国内，他是单位一把手
想怎么抽就怎么抽
没有人会指责
没想到
出国之后……
这样的山姆大叔
还真不好对付

孙子的著作

孙子要评职称，苦于没有著作
爷爷告知：三十年前
我们三代人合著了一本书
你可拿去试试

孙子喜出望外。
可评委说：
竟敢用盗版书来欺骗我们
建议取消评审资格

孙子找评委理论
答曰：
你一岁就能著书吗
难道不是盗版?

爷爷质问：
难道我的书是假的?
即使你的书是真的
也侵犯了孙子的名誉权

爷爷气愤。

孙媳妇安慰爷爷：

都是一家人

谁会追究你的侵权行为？

崇　拜

他不得不做点伪装
常常戴上假发出门
因为出了名
随时都会有人围追
或签名，或采访
让他应接不暇

他想起早年创作许多作品
演他作品的人早就成了明星
他还是默默无闻
偶然一次，他客串了一个角色
一下子红了起来
如今一笑一颦都有人编故事

他还想起他哥们，因为当了领导
人们常常引用他的话语
一句普通的话
一夜之间就成了经典
其实，这些话都是他早年说的

放在博客里，从来没人理会
如今，句句都是真理

他终于明白：
成功了，一言一辞都是真理
成名了，一举一动都是新闻
成家了，一悲一戚都是故事
成了人物
一毛一发都是文物

证 明

她的户口本上错了性别
但更改需要证明
她如何证明自己是女人?
她有一个丈夫
还有一个孩子
她曾经受孕、分娩、哺喂儿子
可是不能证明她是女性
她的性别有没有被弄错
需要一些证件
不管是红皮的、绿皮的
必须是书面的、合法的
她灵机一动，到医院打B超
证明她有子宫
证明她没有男性器官
她的证明弄到了
可是她的性别已经改过来了
原因很简单
因为记者介入，舆论哗然……
可她要为她妈取存款

却无法证明她妈是她妈
媒体讨论
也不管用
直到她妈离世
也没有取到存款
因为没有证明
谁敢认定她妈是她妈呢？

别在我面前装神奇

别在我面前装神奇
别以为你有了一顶官帽子
就可以趾高气扬，冷眼看人
你在会议上随便抽烟，随便吐痰
让人感觉你并不哪样
你随地大小便的样子
其实很不雅观

你可以做长篇报告
把你做的一点小事说得天花乱坠
反正是一言堂
你想怎么虚吹就怎么虚吹吧
你也可以像踩死一只蚂蚁一样
痛踩别人
青云直上

我不羡慕你的荣华和奢侈
在金钱面前
总会有人人喊打的硕鼠

所以我不介意你我之间的那道防火墙
我也不羡慕你的女人缘
你手中的权力
足以满足你无限的欲望

你成功了
脚下有你生存的土壤
你会走得更远
可你不要在我面前装神奇
不要接到我的电话就哼哼呵呵
官腔十足
要知道，我并不吃你这一套

角　色

（一）

他们是夫妻
经常为一点小事争争吵吵
却又在细节上恩恩爱爱

他们是父子
教育与反教育，关爱与反关爱
伴随着他们的日常生活

他们是师生
一日为师，终生为父
成了学生对老师不变的信条

其实，他们都是演员
在实际生活中
他们或生疏，或亲密

可他们总是把角色刻画得惟妙惟肖
把相互关系演绎得亲密无间，或者
让矛盾冲突，扣人心弦

在人生的舞台上
你也在扮演各种各样的角色
请问：你入戏了吗？

（二）

他是领袖，气宇轩昂
一个挥手的动作
代表未来的方向

他是将军，指挥若定
一个果断的命令
战争就出奇制胜

他是工人，技术熟练
一个革新的点子
使产品质量迅速提升

他是农民，憨厚朴实
为了大家脱贫致富
他勇敢地带领村民平山修路

其实，他是同一个人
同一个演员在不同的影视里
扮演的不同角色

是他的演技高明吗?
不全是
可他演啥像啥，为什么?

请在生活中寻找答案吧
或许，发型和装束
正在塑造你自己的外貌形象

雨也有脾气

秧田张开大口说
我渴
麦苗佝偻着身子说
我饿

鱼说：我要大地的甘泉
花说：我要天空的甘霖

我问雷公
你把雨挟持到哪里去了
雷公说：你问风吧
只有风知道

风说——
我顺着山谷走　可山谷改变了路径
我顺着河流走　可河流挡住了去路
我想从天而降　可变味的大气层
驱散了我的队伍

龙王哭泣　也没有泪
它要把泪水留给大地
让嗷嗷待哺的生命不再饥渴

乌云蕴藏着力量
风终于战胜阻力　带着雨妹妹来了
暴风
暴雨
把自己曾经的恋人——有循环系统的生物
打晕

一片汪洋
一段泥石流
一阵人类的叹息

原来雨呵　也有脾气
也会桀骜不驯……

2013. 10. 31

清晨的梦

雨，敲打梦的窗帘
时间的秒针
一直走不出梦境

骄阳在雨中膨胀
杨柳飞舞，遮避天空
我被柳枝拽起
落在一个高地
周围是水，城市被水淹没
一块木板载满了救命稻草
逃离吧逃离
却走不出满城泥石
洪水滚滚而来
我被洪水淹没……

惊悚中，丢了睡意
雨，还在下
妻问：早上吃什么？

地球的述说

——回想“5·12”

其实，我不想
伤害你们
我不想伤害由我哺育的
任何生灵

但我不能不动
因为我承受得太多
许多智慧生命的活动
都给我造成压力

抽取我的血液
粉碎我的骨骼
撬动我的心脏
我的身上已经伤痕累累
呼吸困难

我要动
我只有动一动
才能舒展筋骨
畅通气息……

啊，人类

琳琅满目的商品
是人类的创意
在橱窗展示

变幻无穷的网页
是人类的智慧
在荧屏闪耀

奋起直上的卫星
是人类的追求
在太空巡回

星罗棋布的城市
是人类的历史
在地面书写

回味无穷的诗歌
是人类的文化
在心中发光

啊，人类
能够创造一切想象的东西
为什么
不能铲除贪欲的土壤？

人类另一面

人类创造了灿烂文明和世间奇迹，但人性的弱点依然存在。

——题记

人每天不得不吃饭
不得不蹲马桶
因而人有私欲
人既好逸恶劳，又好色贪财
见了钱就睁大了眼睛
为了一点小利益
勾心斗角
争强好胜
甚至大打出手
男人见了美女像色鬼
女人见了帅男像色迷
有机会就不老实
还要在婚姻殿堂装纯洁
说什么天长地久，永结同心

人比动物多了一点小聪明
就肆意残杀他类
不管天上飞的，水中游的
都不放过
人会像踩蚂蚁一样
痛踩别人
人比动物更能残害同类
人类有很强的审美欲
却还要随地吐痰
随地大小便
人类破坏环境的行为
也比动物严重得多
人类啊
你那损人利己、自私自利的本性
不知还要进化多少年

第四辑

远方的约会

自驾游

我驾驶自己的车
奔驰在高速公路上
花香从车窗拥入
歌声飞向远方

远方有一座高山
山峰是对称的乳房
山上炊烟袅袅
那是乳房滋润的村庄

偶尔经过墓地
坟上开满了野花
花蕊在空中飘扬
那是先人们在对话

前面是一条河流
天鹅在桥上盘旋
我想与它们同飞
妻子忙喊慢点

我们来到牧场
抚摸绿草地的牛羊
走进牧民的帐篷
和他们一起拉扯家常……

走出生活的小方屋
到处是欢快的游乐场
放下手中的犁耙
去触摸那太阳的血浆

幸福梅林

我们驱车来到梅林
满地皆是休闲的人群
狭窄的乡村小路上
汽车像甲壳虫慢慢爬行……

一片片盛开的梅花
闪耀着金色的阳光
一桌桌清脆的麻将
敲打着浓郁的茗香

一阵笛声从花间传来
花香伴随姑娘的心声
“梅花三弄”响遍郊野
美妙的古曲传递着乡村新韵

笛声震动了湖面
湖面泛起了涟漪
儿童在草地上打滚
花瓣贴上了新衣

小亭的倒影在湖里晃动
古木桥载满欢乐的言笑
细细的柳枝吐露新苞
新春的梅林更加俊俏

啊！幸福梅林
你让我们幸福，也让我们开心
我们要把你的美貌留下
在这晴朗的黄昏

枇杷沟

站在绿色海底
怎不心旷神怡
难得的天然氧吧
任你自由呼吸

漫山遍野的枇杷
像绿色海洋中闪亮的星
是谁给它涂上了金黄的颜色
让山里的风景这样有名

沉甸甸的黄蛋子摇摇欲坠。
一个熟透的“大五星”沙沙着响
落在了小姑娘的画板上
染透了画面那翡翠般的湖水

小姑娘高兴地张开了小嘴。
啊！这迷人的湖光山色
原来是太阳为色，汗水为墨
凭着山里人的双手在荒山上描绘

平静的湖面
映照着垂钓者的脸蛋
人们围着湖底的太阳
钓起了一个天上的月亮

月色送走了一车车游客
也送走了一车车枇杷
枇杷的甘甜在嘴里
枇杷沟的名字扬天下

三星堆断想

厚厚的黄土
掩藏了一个古老的
故事，一代珍奇的青铜人
苏醒了，带给人们不小的
惊喜
纵凸的眼球①
宽大的耳朵
多想看到遥远的世界
多想听到遥远的声音
为了这个梦沉睡了
三千年。做梦的人
一朝醒来，这一切
都变成了现实

古老的传说与现代文明
交汇成闪亮的激光舞台
哒哒的踢踏舞，仿佛

---

① 出土铜人像有眼球外凸几厘米的。

再现着古驿站的马蹄声
卡拉 OK、迪斯科
交织着五千年文明的
新节拍
色彩斑斓的世界
时常响起
古蜀国战马的嘶鸣
啊，大立铜人
历史的见证人
灿烂的古老文化
你就是传棒人

光雾山红叶

秋的火花，又一次释放了
一夜间
击败万千的雨丝，点燃
这漫山遍野的红叶
整个山都红透了
红透了的山野火一样摇动秋风
涂抹着潮湿的天

看，一只红嘴鸟儿
在空中飞翔
莫非山上的红叶也会脱色
把这鸟儿的嘴角
染成了深红色
在碧蓝的天空划出一道红线
——把一幅偌大的油画
轻轻地挂在碧空

这天然的画卷
染红了天边

白云也流连红色的秋山
从山顶渐渐下坠
在山峰周围慢慢洇开
秋的红颜顿时成了婚纱里羞涩的新娘
让来访的我
也有了几分爱恋
脸上淡淡地泛起了红晕……

泸沽湖的月色

一片明镜
静静地躺在
山谷
不用抬头
就能看见弯弯的月亮
和星星的闪烁

远处的山歌
沿着小岛上的灯光
回映在摩梭姑娘的脸上
一个抠手心的故事
把游客繁忙的心
悄悄安放——

披着月色的阿夏
走进格姆温暖的火塘
两缕情丝牵动
三遍鸡鸣　然后
绕过蟋蟀撩人的呼吸

踏着一地露水归去

故事划动的小船
把月亮和星星送回天空
游客枕着月光
进入梦乡
梦中的手心
被抠得好痒好痒……

丽江晨韵

（一）

清晨　古镇从沉静中苏醒
朱红色的街面
安详地接受晨辉的亲吻
清澈的小溪拨弄高山流水
行人走路的动作
也因此有了音乐感
回头望望　自己的脚步
就是一串音符

（二）

客栈的水车湿漉漉的
一直唱着泉水叮咚的小曲
水车流转着岁月的时光
也像是传递纳西文明的一种符号
丝丝垂柳迎风舞动　好似

美少女的头发
轻轻飘动在你的心尖上

（三）

随处可见的纳西古文字
像一道时空隧道
把人们带到了远古时代
你会感到时光在倒流
你的生命　在这里
拓展了好几百年
一首纳西古曲　又会
让你感受到
历史的久远和人生的短暂

（四）

站在狮子山俯眺古城
鳞次栉比的房顶
构成一块偌大的平面
太阳在平面的前端
好像一个大红球　风一吹
就会从前端滚过来
我做好了准备
要是滚过来了

我就一脚把它踢回原位

（五）

从狮子山眺望扇子陡
晨雾散去　山峰初露
一抹白雪
我想起一位朋友说过
丽江最美的是彩云之南
刚刚露出外套的雪白乳房
原来这雪白乳房
就是刚刚露白的雪山主峰

（六）

回想夜晚的繁华
品味清晨的宁静
丽江呀　我庆幸
昨夜与你同眠　你用
大红灯笼满街挂的华光　还有
荷灯飘逝流水中的夜景
装扮了我的梦
又在阳光点燃古镇
晨辉为行人涂脂抹粉的时刻
让我品尝到了你的味道

（七）

晨辉斑驳纳西姑娘的脸
也勾起了我的胡乱念想
我好想客栈里
那位跳东巴舞和我对歌的纳西妹
手持蜡烛　深夜造访
那将是我情感的依归
但在明媚的阳光下
我明白　我只是这里的一位过客
能带走的只是丽江的印象

在文成公主雕像前

太阳用金光
涂抹你的雕像
你像燃烧的火炬
把日月山照耀

你的目光
凝视无垠的大漠
大漠
展示你的胸怀

你的眼睛
回眸碧波荡漾的青海湖
青海湖
沉淀你的情怀

你用泪水
把中原和雪域联结
你用宝镜
把相思和远望分开

你用麦粒
播撒和平的江山
你用蚕种
织成千年的玉帛

猎猎西风
传递你的呼吸
五彩经幡
飘舞永恒的美丽

你的故事
在倒淌河流淌
流淌的倒淌河
也流淌着历史和未来

青海湖鸟岛

（一）

海鸥在湖面低飞
一个点水的动作闪了一朵浪花
两只天鹅正在温存
时而斗嘴　时而长颈交叉
还有阳光　鸟蛋　雁足平沙

（二）

一边是无边的湖水
一边是无垠的草原
棕头鸥　斑头雁
空中盘旋的样子
把一轮红彤彤的太阳推向了天边

(三)

天边的霞光与湖面
亲密得像少女沉默的嘴唇
风　摆动草原的翠绿
一片落叶跟随飞鸟飘动
落在了我的手心上
仔细看看　竟没有一点点灰尘

(四)

一块小岛　成了鸟的乐园
还招来各自的远亲
不知源源不断的游览者
对此有什么心情
我好像看到了鸟的追求
那就是——干净

(五)

水净　天蓝　草绿
太阳红
我真想举起青海湖连同鸟岛

一饮而下
把一个澄净的世界
永远装在我的心中

观西部影视城

在荒地上建城池
那山寨、那城门、那作坊还很真实
虽是旧貌复制
不似历史，胜似历史

我，一个现代人
穿越明城、清城
体验银川老街
再见“文革”鬼神
从古到今
拉长了我的生命历程

是谁这般创意
在荒凉的黄土地——造就明星
一部又一部影视剧
在此穿越历史，创造神奇

是他——张贤亮——曾经一个普通的诗人
不要说《大风歌》毁了他的前半生

不要说“他的一半是女人”
在能够做人的时代
他终于做了一个自己梦想的人

2012. 10 于银川

穿越沙漠大峡谷

——从大沟湾到巴图湾

徒步　从一间小屋开始
一行四人
喝完壮行酒
行走在流动的沙土上
七万年前的古人类遗迹
让我们有了远古人的气息
古人类的故事
像藻泽一样　填满河湾

耸立的沙块
在述说　也在遥望
高大的形象
不畏风雨　经过岁月的折磨
依然坚不可摧
让所有的造访者
不敢怠慢

一条径直的小路通向村寨
小桥流水　绿荫院落

还有赤身的女劳动者
在描述着远古时代
人们赤裸自由的生活
在这里　你的思想再单纯
也许会偶尔开一点小差

小河静静地流淌
村庄寂静无声
只有圈中的羊儿窥视着我们
发出娇柔的咩咩声
村寨的牛群　懒散地晒着太阳
一位牧童横在牛背上
向着炊烟而去

沙山顶部　一块平整地
牧羊人在这里歇息
过路客在这里休整
我们搭起帐篷　埋锅造饭
经过几天的长途跋涉
大家开始咀嚼远方的苍凉
还有沙山的奇异

在连绵起伏的大漠
踩着荆棘丛生的沙丘
最感亲切的是太阳

每到早晚　总是把我们的影子拉得长长的
一路走来　始终跟随
不抛弃　不放弃
让我们一路上少了许多孤单

大自然的洁净
过滤了心灵的杂质　心情
像沙漠那么简单　思想
像蓝天那么纯净
想起远古的人类
看看现在的村庄
经过断水的考验　如今
还有什么不能忘却的烦恼？

夕阳在消失
沙山上
还有一抹最后的余辉
沙漠依然没有边际
两块压缩饼干　半瓶水
在测试
到达终点的距离

在腾格里沙漠

夕阳，把大漠变成金色的海洋
黄色的浪涌动金色的光
风呼呼地吹，整个沙丘都舞动起来
柔软的沙子全部跳跃着
开始高过我的脚背，然后高过我的膝盖

我不停地往前走——在一个唯我的世界
远离了同伴，远离了游人
群山也失去了踪影。“再往前就是无人区”
一个醒目的牌子考验着我的勇气
一望无际的沙丘，起起伏伏
几棵沙蒿摆动着疲惫的身躯
沙子追赶着沙子，沙浪越来越高
看看手机已经没有了信号
生命的本能让我开始回头
幸好来时的脚印没有完全掩没
与沙漠玫瑰一同成为我返程的路标

没有孤烟，没有长河

只有那美姑娘（花朵）的微笑，鼓舞着我
沙子无孔不入，我的全身装满了沙粒
但我比那些荡着羊皮筏子的人
收获更多。王维的大漠情怀
让我豁然开朗，举目瞭望
只有我
搂着腾格里的落日，痛饮黄昏……

外滩夜景

东方明珠的霓虹
拨亮外滩的夜
游船载歌而行
江面微波荡漾
城市的喧嚣，在此时
变成欢乐的宁静

岸边的旧式建筑
在讲述中国的近代史
曾经的租界
警示我们自强不息
繁华的夜景，成为上海
走向世界的缩影

夜色被霓彩包裹
一个女孩踏着江边的凌波
任秀发拨弄琴弦
在我心上弹起月光曲
月色送来的酒

悄悄亲吻我的嘴唇

沉静的夜，传播
我们断续的笑声
在酒劲的趋使下，我
把往事述说
仿佛外滩与我有缘
其实，我也才来第三次

骑楼老街

黄昏。夕阳为骑楼镀金
在与白色的交织中
泛起古铜色
时间在这里穿越
历史的晕渍，展开一幅
白里透红的水彩画
夕阳西下
路上人影倒挂

这是一条承载岁月的街道
一尊铜像就是一个故事
与洋人讲价的手势
是海岸商人的丰姿
与妻女告别的渔家
有经受风浪的气势
椰韵秀女
长发短袖，情情相依

我，忍不住轻抚铜像

来个合影
体验一下渔家出海的滋味
街边的绿萝在风中摇曳
它，也跟我一样
观看着游人
在古老的界面尽情发挥

街灯通亮。最后一缕霞光
从老街消逝
街头街尾，那些竖挂的老招牌
勾起多少时代的回忆
明月，照耀老街新区
又为这个城市
增添了多少美的张力

2015.11 于海口

椰林咏叹

（一）椰林

盘根错节的绿色纽带
缠绵在海的边缘
笔直的椰树撑起一把把大伞
伸向蓝天
一棵粗壮的老椰树
爬着厚厚的椰皮
椰子高高地挂在它的顶端
那清高的样子
着实让我感叹
行走在椰乡小道
林荫洗涤风尘
绿色带走杂念
仿佛进入一片桃源
只有翠意欲滴的椰香
静静地滋养心田

（二）海岸

薄浪缓缓梳理海滩
椰林婆娑
风在沙滩上缠绵
红色小亭与海心灯塔遥相呼应
把林的绿、海的蓝显得更加鲜艳
渔船踩着浪花靠岸
刚出水的鳗鱼摆弄身姿
成为临时景观
还未下网的螃蟹
来不及思考自己的命运
用睥睨的眼光把它的主人斜看
而我，正光着脚丫
蹂躏沙滩
一身的尘埃
抖落在柔软的海岸

（三）椰果

椰林的婆娑与海浪交汇
传递清凉的谜语
椰香拽住游人的脚步
椰农手起刀落

椰皮在刀尖一端剥落
吸管一阵咕噜
椰汁顺着喉咙
从嘴清冽到心
谜底写在了游客的脸上
我在椰乡小道捡起一个椰果
仔细端详，顿时产生奇想
要是变成一颗静默的果实
挂在高高的椰树上
静默在众生的静默中
那也不失为一种高尚

2015.11 于文昌

台湾，我永远的眷恋

（一）野柳的海滩

美哉，野柳的海滩
大自然的奇观
啊，女王！女王的风姿①
那高贵的发髻，那王者的风范
那深情的海龟也在把你偷看
难道你也会招蜂，也会惹蝶
难道那一团团蘑菇状的蜂窝是因你而出现
难道那展翅不飞的海鸥是想与你为伴
难道那远来的飞蝶也是因你而灿烂
啊！野柳，大自然的奇观
那风卷不熄、浪打不灭的烛台上
是什么神灯哟
把女王照耀得这般惊艳
看，一只小船驶来

① 诗中女王、海龟、蘑菇、海鸥、蜂蝶都是景观。

载着一轮红日，推动海浪的舌头
用霞光
又一次把女王精心打扮

（二）黄昏中的日月潭

霞光轻抚湖面
一个童话在水中等待
树的灵韵在水底流动
一首思乡曲的涟漪
成了黄昏的节奏
红色的亭子①
用一个倒立的姿式
结束了一段历史
夕阳落入湖中
让人想起
二泉映月的美景
我真想潜入水中
打捞起沉淀的月亮
但我不能去搅动它——
那是一双眺望大陆的眼睛

2011.11 于台北

① 蒋介石与宋美龄观景的亭子。

在圣淘沙看水幕电影

晚霞在天与海之间
悄悄地拉起帏幕
初升的月亮推移着礁石
湿润的夜把水幕激活

水与光是今夜的主角
喷泉射出斑斓的色彩
节目从金属龙头喷出
胡姬花在水雾中盛开

花变成友谊的使者
把俄罗斯姑娘的笑声
洒在我的脸上，一张导游图
使我们的交谈升温

风是一个调皮的孩子
借助相机的聚光
让金色的长发
在不同的脸谱间奏起乐章

音乐释放的光彩
在小岛的上空飘摇
历史上的死亡之岛呵，如今
再也看不到幽灵的光标

在大堡礁潜海

远远望去，大堡礁是一块碧玉
嵌在海中央
碧蓝的光，浸透了海水
海心浴场，都是王母的琼浆

穿上潜水衣，有一种背着地球的感觉
进入海面，一下子变得很轻
轻飘飘的，身体像一片落叶
在水中自由飘零

当我下沉的时候，浑然流动的海水
似乎睡去，没有一点呼吸声
我不知道是否进入了大海的时空隧道
不管怎么，我已看到海心
感受到梦幻的龙宫奇景

走向海的深处，珊瑚千姿百态
鱼儿五彩缤纷，水母千奇百怪
亦真亦幻的海底世界

很难用目光锁住飞逝的瞬间

我真想就此沉沦在海底
告别喧嚣，告别繁杂
做一个龙的儿子，无忧无虑
可我无法驾驭海中万物，只有
让海面的白云将我轻轻浮起……

罗托鲁阿圣景

偌大的地热喷泉
借着太阳的赤橙黄绿
形成耀眼的光环

弥漫而缭绕的水雾
慢慢升起
把人身的疲惫一起蒸发

来往的人们
在蓝天的衬托下
仿佛走在云朵上

热岩暗红似火
地暖与阳光交融
热流迎面而来

黝黑的泥浆池
像一锅煮熟的胶质
一直发出咕噜的沸腾声

脚踩在岩石上
一直会暖到心窝
让你忘却人世间的寒冷

啊，罗托鲁阿圣景
上帝的恩赐
让我们一起拥有她吧

好望角

那时，我站在好望角的灯塔前
畅望波涛汹涌的大西洋
领略风平浪静的印度洋
突然一个巨浪倒海而起
我意识到
当年的风暴角依旧桀骜地展现其魅力
我无法想象
狄亚士如何踏波而来，发现了这个岬角
达·伽马如何绕过风暴，通向印度
一阵狂风呼啸
此时，真有一种被风卷起的感觉
我想借一只小船
像那白色船只一样，冲破大浪
为世人也为自己开辟一条新的航程
可是海水筑起的高墙
还是让我固步自封
我只能像普通游客一样
在惊涛骇浪之后
向腾飞的海豹招手

向飘动的海带会意
咸湿的风一次次推搡我的身体
为了稳住
我只有紧紧地抓住标柱
好像抓住了标柱就抓住了
通往家国的路

和狮子亲密接触

晚霞，从树梢走来
一朵白云正在亲吻长颈鹿的额头
瞪羚在草地上跳跃
野牛喝着霞光之水

几只好客的狒狒
在一辆汽车的后面紧追不舍
远处，一只小猴坐在合欢树上
静静地守望落日

六辆观景车围住狮子家族
母子六个，不惊不诧
那松软的皮毛
和厚厚的节草好像没有两样

突然，我好奇地想在旷野
自由地游走，然而
我仅仅在狮子的家门口撒了一把尿
就被导游抓回到车里

夕阳已经从云层中溜走
同伴开始惦记酒店的晚餐
我从沉思中醒来
发现自己被记忆俘虏……

是啊，人类的生存空间越来越大
动物的生存空间越来越窄
人类什么时候才会明白
在这个地球上，不能仅仅只有人类

2013.3 于马塞马拉

尼罗河之夜

肚皮舞，葡萄酒，烤牛排
在光彩绚丽的波澜上
跳跃着现代而古老的旋律
霓彩的激光
闪现着三种肤色的舞姿
我这个东方之子，也扭动着
性感十足的肚皮舞
蓝色的眼睛和我对视
金色的头发飘扬着浪漫
白色的肚腩抖动着魅力……

这就是夜晚的尼罗河，已经看不出
白天长袍面纱的肃穆
只有那沙漠的风还在习习吹来
偶尔勾起人们对法老的回忆
一阵清凉，一阵欢笑
宽敞的游船用歌舞演绎着
文明之变迁和世界之融合
尼罗河，我来了

今夜，从金字塔之侧登上游船
一个黄皮肤的我
加入到黝黑的民族

巴黎记行

（一）塞纳河边

石砌的堤岸，桥梁横跨
站在桥上畅望
满街的梧桐
正被夕阳的金光涂抹
闪动的叶片
如同红磨坊的舞姿燃起了光彩
圣母院的钟声开始吟诵——
一天的安详
石头组成的交响乐
浸染着夜的浪漫

（二）香榭丽舍大街

霓虹筑成的隧道
让心随之起舞
光斑游弋，香榭丽舍大街

流动着轻亮的歌
那边的凯旋门
描述着一个王者的起落
左面是埃菲尔塔
一位老者拨弄着吉他
他的心事变幻成琴弦的声音
向着天空散发

（三）邂逅

一位金发女郎走来
飘来一股很甜的味道
她那会说话的眼睛
让我陶醉
夜的霓彩插在她的头上
明媚着她的幽香
我听不懂她的语言
但我读懂了她的笑容
我想有一个法兰西式的拥抱
但我毕竟不是她的情郎

（四）红磨坊

四壁色彩斑斓，大厅觥筹交错
音乐响起，一派寂静

从康康舞到卡德利尔舞
时而冷冰冰的美
时而火辣辣的情
俊男靓女，身材修长
动作整齐划一
个个笑脸堆积
如同那场外闪着红光的风车
给人以回味和遐想

（五）咖啡厅

身着霓裳的咖啡厅，一杯杯咖啡
盛满了思想?
年轻的人们一坐就是一宵
如此悠闲的地方
竟然是思想家的产床?
一个女孩向我举起一束玫瑰
她那空洞的眼神，掩藏不住
内心的迷茫
只有那杯咖啡
一直散发着淡淡的清香

在巴黎，突然一场雨

在巴黎，突然一场雨
商铺成了遮雨的地方
一个姑娘来了
一个骑单车的汉子来了
商铺是德国人开的
正在卖汉堡包
姑娘是法国人
她买了一个汉堡包
正好在此解决午餐
汉子是中国人
单车是中国制造
他说他刚吃了午餐
也是汉堡包
他要了一瓶红酒
独自喝起来
他们各吃各的东西
对坐聊天
雨停了
他们相互拥抱

然后离开

桌上留下两张雪白的毛巾

是老板送给他们擦脸的

海德堡散记

(1) 古堡

红褐色的古堡成了秋天的色调
阳光洒在宫殿
岩石散发出火红的花朵
相隔几个世纪
却又近在眼前
残岩断壁将时间凝固
一块块历史的碎片
在此拼接
让记忆重新排版……

(2) 大学

一座城市缱绻在书香里
没有围墙
没有门面标志
校在城中，城在校中

这就是自行车的发明地
这就是黑格尔当年的课堂

一位女学生，银发整齐
一本书捧住她青春的脸
突然一个舒适的姿势
让阳光肆意打在脸上
那一束光
让她的坐姿引人注目

(3) 老桥

内卡河上的老桥，经历了二战的磨难
如今，风骨犹存
站在桥上，眺望苍翠的河谷
老城的红瓦顶，像镀了金似的
让秋天的红叶显得那样逊色
几株银杏的黄色
被深红夺去了光彩

桥头的铜猴在欢迎人们
让你套上它的面具
与之同化
我不想变成猴子
但我对它守卫老桥的忠诚

表示敬佩

(4) 酒吧

秋天浓缩成一杯红酒
年轻的情侣在此缠绵
白发老人揽腰相依
我似乎受到什么启发
兴致地摘了一片银杏叶①
插在老婆的头发上——
酒吧有了另一种风景

---

① 歌德曾在此摘下一片银杏叶赠给玛丽安娜。

在威尼斯

(一) 威尼斯水城

坐上贡多拉，穿行在千回百转的水巷里
河为街，船为车
一座座楼房被一座座桥梁连接
清脆的划橹声，轻叩着水城的门
高翘的首尾，像弯弓划水而行

海上的城市飘起1500年的兴衰
古旧外墙上的斑驳
残留着一丝莫名的凄凉
不断涌来的海潮
使运河边的老屋岌岌可危……

漂浮的城市，有一种海市蜃楼的美
有什么办法，让水面的波光
回暖这个古老的世界
让这颗水上明珠经受未来的风浪

永远闪光！永远闪光？

（二）圣马可广场

广场的入口，一根石柱赫然矗立
在石柱之上，高高站立着一头带翼的狮子
背景是圣马可大教堂，周围是华丽的回廊
广场边上，咖啡的浓香
吸引了许多游客。恍然间
歌德、拜伦、狄更斯举杯共饮
此时，我好奇地走进一家面具商店
商人的微笑，让我感到自由而轻松
买一个丑角的面具戴上
在大街上招摇过市
洋洋得意地穿过叹息桥
那种无所顾忌的感觉
才是真正的自我
走过广场，回头一望
无数鸽子飞起飞落
海的波浪搭载着琴声向我涌来

但丁故里的阳光

下午，阳光在阿诺河上跳跃
波光把廊桥映衬得格外夺目
曾经的河畔偶遇
曾经的廊桥遗梦
而此时，都闪烁在关于但丁的字里行间

从小巷走过漫长的历史
那些粗糙的红砖绿瓦
把中世纪的古老呈现在我面前
《神曲》的光辉开启了一个时代
大师们播下的人文种子
如今已经蔚然成绿色森林
街头的树枝在空中摇晃，好似艺术之魂
在历史与现实之间游荡

在但丁故居，一份引人深思的判决书
让我久久注目。我真不敢相信
终身流放，客死他乡
竟是一个划时代人物的归宿

此时，我想起了屈原
他们的遭遇何其相似
他们对历史的影响也何其相似
我似乎受到什么启示
难道只有饱经忧患，历尽沧桑
才会有伟大的作品？

夕阳像一个圆圆的铜镜挂在树梢
当我再次仰望但丁故居
我发现
古老的建筑，因为大师的光芒
至今熠熠生辉……

斗兽场感怀

捧一捧泥土，嗅了又嗅
已经闻不到它的血腥
历史的尘埃积淀了近两千年
那些鲜血与惨叫，狂热与尖笑
都在残壁断墙的缝隙里
人与兽，人与人
相互残杀
让另一些人获得快感
难怪时光至今还在颤栗
人类的历史
原来都是用鲜血写成
只有那汗水凝成的石墙
记录着一个时代的结束
一切都沉寂了
我把手上的泥土捏了又捏
那些斑斑点点
还是被太阳的余晖放出了光彩
一缕霞光飞上残垣
野蛮的背后，或许还有人类
战胜自然的光芒

比萨斜塔

一点小小的疏忽
铸成了永久的奇迹
要是没有倾斜
哪会有世人的注目

难怪一些不甘平淡的人
总是不那么规矩
但无论怎样斜乎
也不能让自己倒下去

倾斜，本来是错误
斜而不倒，就成了奇观
八百余年的欹斜
让规矩感到惊叹

错误，铸成美丽
正直，必然一般
试图搬正影子的我
结果一生枉然

琉森湖

湖面闪动着金子般的光点
天，蓝得没有杂质
皮拉图斯山峰，那亘古的雪
映衬着湖水的蓝

一抹淡淡的晚霞，勾勒出
山的起伏。云带缠绕山腰
那红瓦白墙的别墅
点缀了山麓的油画

几只白色的天鹅拨水徜徉
时而撩起清清的水波
时而高昂着头
与游人自在交流

成群的鸥鸟从湖面掠过
齐刷刷停在湖畔的木桩上
鸳鸯成对嬉戏，那旁若无人的样子
让人羡慕它的自由

是谁弹的吉他在湖面荡起涟漪
让我的心这般陶醉
我不想让自己在这里融化
借助霞光，从湖底打捞自己的影子

在维也纳拥着琴声入睡

一把小提琴放在这里①
这里就会有优美的旋律
我走在小提琴的弦板上
满城的音乐
跟随我的脚步晃荡

从金色大厅出来，我感到
金色的音乐在蓝色多瑙河流动
我的细胞被激活
身体处于歌唱状态
大师们那些手写的乐谱
一直在我的脑海放射光彩

流动的是音乐
凝固的也是音乐
看看那些建筑——
石头的质感，却是音乐的节奏

---

① 地图上看，奥地利就像一把小提琴。

就连我手头的冰淇淋
也有了音乐的颤抖

绿色草坪里一组音乐符号
跳动着动人的乐章
莫扎特白色雕像告诉人们
只要有高贵的灵魂
就能借助音乐的翅膀
在这里飞翔

让人感慨的是——
音乐的熏陶
纯正了民众的审美情调
民众的艺术
让那些响当当的名字
在这座城市上空久久回荡

夜晚，街头的华尔兹舞曲
舒缓着人们散步的动作
音乐掺和着花香
顺着月光从窗口拥入
一曲《蓝色多瑙河》
伴我慢慢进入梦乡……

纽约夜景

广场上，一挂人工瀑布
映着七色的光
那不是银河落地，那是流动的画
喷泉，绽放各样花朵
如梦如幻
造型奇异的广告，献媚取宠
钱包捂得再紧，心也随之而动

为之一振的是：
新华社——三个汉字耀眼夺目
五粮液——酒香扑鼻而来
就连你自己也可以在此一展风采
对准摄像头，让你的形象
明星般的
在巨大的显示屏上引人注目

桥上的灯，两串明珠似的
浮在水上，与天上的星星一同闪烁
高低错落的建筑物倒映水中

流光溢彩，斑斓迷人
水里，车流的光带
给人梦幻般的想象

新的世贸大厦如碑似剑
直插天空
而吸引人们眼球的，不仅仅是它的高度
它从倒下的原址，拔地而起
似乎要告诉世界
纽约，将不再有死亡的一页

自由女神

一睹自由女神的风采
是我许久的心愿
如今，终于站在你的面前
却不能再靠近一点①
原来你也是过门的媳妇
名花有主
只能远观
不能近看

在自由女神面前，其实也不“自由”

让人感叹的是：
那些从彼岸而来
从此岸而去的人们
带回了到此一游的照片
却忽略了
自由女神手中的
独立宣言

---

① “9·11”后，游客不能靠近底座。

科罗拉多大峡谷

（一）直升机上

俯瞰红色高原，苍凉的红土地
空旷得找不到摄影的焦距
偶尔一株仙人树
像人一样，顶着红花
给人惊喜

裂口，是一条巨蟒
蜿蜒匍匐在广袤的沙漠之洲
河流，是一条黄虫
在巨蟒身上游走
两崖壁立
一水中流

（二）谷底

直升机从巨大垂直岩壁下降

突兀嶙峋的岩层
或红，或黄，或黝黑
夹杂着亿万年的沧桑
是谁向地球砍了一刀
那闪闪烁烁的光度
居然是地球的五脏六腑

一个切面，就是一个调色板
阳光，倾泻而下
调出彩霞般的光芒
地球啊，真是一块璞玉
被岁月的雕刻师
雕刻得如此壮丽

（三）老鹰岩

蹒跚在一块巨大的岩石上
仿佛站在时空的边沿
面对万丈深渊
突然有一种君临天下之感
面向悠悠深谷
一声大吼，余音荡漾
峡谷回荡着没有休止的和声
岩石记录我铿锵的音符

都说万丈深渊，让人胆寒
可那青青的山艾草，悬在岩石上
根，狠狠地抓住浅浅的石缝
叶，飘摇着宇宙的能量
风怎样吹，也没有一点畏惧
有谁能像它
经得起风吹雨打
绝地而立?

圣地亚哥港

港口，棕榈树粗大的叶片
与绿草坪构成一派热带风光
舰船游弋在水上
让人憧憬更远的远方

登上游艇，一出港湾
一条灰色长带横跨海面，那便是
连接美国与墨西哥的跨海大桥，据说
这也是恐怖组织相中的攻击目标
高大的桥墩托起一条长龙
在偌大的海面上
渐渐变成一条弧线

离开大桥，就是军港
一艘航空母舰像一座钢铁大厦
耸立在水上
这就是二战立下赫赫战功的“企业”号
它曾重创日本舰队
扭转战局，坚不可摧

现在静静地停在这里，仍然
雄风犹在，风威不褪

一艘巡洋舰鸣着汽笛迎面而来
我们站起来向他们挥手
舰上的官兵也向我们挥手
在大家的欢呼声中，军舰与游艇
近得擦身而过
然后渐远而走

海面，鳞光闪烁，游艇穿梭
天空，飞机蜻蜓般地掠过
再过军港，“里根”号航空母舰
成了游客相机的焦点……

在好莱坞座椅上飞行

——《畅游美国》观后

当影院的灯光熄灭
霎时，出现了一个空阔的机场
突然，座椅成了飞机
腾空而起，扶摇直上

机场迅速后退，在脚下越来越小
迎面的树木和山麓一掠而过——场上一片尖叫
飞机突然俯冲，人的身子往下扑去
树枝擦身而来，人体被树尖顶起

刚刚越过田园，又在掉进深渊
脚下就是深谷，峭壁就在两边
峡谷飞速后退，迎来一块平原
在印第安部落，奔跑的人与野兽出现在眼前

一座大山挡住了去路，飞机向山崖冲去
山崖越来越近，眼看就要撞壁
瞬间贴壁而起，直线升上天空
峡谷已经消失，众人还在惊恐

飞机飞临大海，一片滔滔汪洋
巨浪冲击海岛，浪花溅在脚上
飞机飞向海滨，自由女神由远而近
她举火炬致意，大家挥手告别

飞机进入城市，街上华灯灿烂
奔驰在大街的汽车，连成一条条银线
划向斑斓的夜空……此时灯光亮了
原来大家的座椅并没有动！

难忘的夏威夷海滩

（一）海天晨光

雨后，海滩干净如洗
红日从海面升起
霞光透过云彩的缝隙照射下来
倾撒的光线雕刻纯蓝的海
海面变得胭红
海滨的那座黄色高楼经霞光洗礼
放出一道道金光
把对面高高的椰子树冠
抹上一层金辉
云朵悄悄遮住了太阳
所有色彩
顿时消失
海面，一下子
恢复了它固有的蓝

(二) 沙滩上的浪漫

阳光温和地照在细沙之上
洁净绵软的沙滩
七横八竖地躺着各种肤色的人
那休闲的样子
让人心情格外宽松
五彩的遮阳伞下
海浪拍打的声音
成为一曲沙滩舞的节奏
一位身材瘦高的棕色姑娘
戴上桃金娘花环
跳起了热烈的草裙舞
轻轻扬起的白沙
增添了海滩的浪漫和想象

(三) 水中桃花源

海天之间，冲浪者正在和海浪搏斗
时而从浪尖高高扬起
时而划入浪底
他那勇士般的乐趣
与对面的钻石山遥相呼应
形成一道特别的风景

我也被吸引
戴上潜水镜，沉入海底
与鱼同游
无忧无虑
那真是令人身心放松的时刻
仿佛有一种世外桃源的感觉
正当忘怀之时
远处，巨鲨昂首出海
给人意想不到的惊喜
岸上一片欢呼……

珍珠港纪念馆

一座白色的建筑，棺材一样
横在亚利桑那号上面
海底，沉舰的轮廓清晰可见
那锈红色的残骸上
青苔满满。那一缕缕油雾
在海面变成的斑点
就像是沉舰官兵控诉的泪眼
沉没的船体还在
折断的桅杆还在
依旧昂然矗立的3号回转炮
传递着将士钢铁般的宣言：
侵略者必败！

如此湛蓝的海面
那一刻竟然是：
战火熊熊，硝烟弥漫
行走在环形海岸
那隆隆的炮声
那撕裂心肺的叫喊

仿佛就在耳边……
白色的建筑，为沉舰
展起生命的翅膀
那镂空的悬窗
是人类对蓝天的拥抱
也是对和平的永远向往

在渥太华小镇看红叶

天色已亮，路灯也还亮着
雨从昨夜下到清晨
天空如洗，没有一点杂云
路上空无一人，只有我和老伴冒着严寒
观看风景

从多伦多到渥太华，一路火红的山
火红的树，火红的枫叶
我们被红色簇拥，却没有机会
在红色的海洋来一个自由泳
此时，终于静静地徜徉其中

眼前，只有不同色调的红叶
那紫红的鲜红的橘红的，在朝阳下
格外耀眼
几棵青松葱翠的绿
让红变得更加鲜艳

枫叶上垂悬的雨滴

像一颗颗红色的玛瑙
我真想摘一串，戴在老伴的胸前
可那逼人的光彩
让我只能静观，不能添乱

老伴捧起一把枫叶
使劲地飘在空中，然后一个腾空
我的镜头
留下了仙女散花一般
有趣的落红

我们已经坐在离开的车上
可我还在用心灵，把这漫山遍野的红
再一次收藏
不是因为它红得广阔，红得流血
而是它沉淀着生命的成熟，带给你
抗击寒霜的从容自如

北美千岛湖

游艇行进在明镜中
船桨把湖面犁出一道长长的波纹
白色的浪花，向两边飞溅开去
偶尔，清风拂人

云，倒映在水底
盆景一般的小岛，飘逸在水上
欧式的城堡，倒浮在云朵之间
一片山头，万种风情
倒立的枫林，婀娜多姿，伸向蓝天

水泛微蓝，如绸的湖面，一望无边
鸥鸟在湖上点起浪花
放大了水的光泽和想象
我的心也随之飞翔

爱情岛上，脱下皮鞋，拾级而上
小岛丛林，别墅生辉
垂钓于枕上，濯足于槛下

真是静心净魂的地方

我真想在这里生长成一株枫木
让纯净的风穿越我的身体
在这里成仙一次
忘乎所以……

尼亚加拉瀑布

平静得像一面丝绸
带着阳光滚动

一道断崖，横亘在前
骤然陡落，犹如银河砸地
水势澎湃，声震如雷
排山之水，在七彩的光环中飞驰
一泻天河，直奔人间

断崖，阻止不了前进的路
才会绝境生奇
人生，只有迈过生命之坎坷
才会舞动梦想之魂
绝处逢生……

失意了，就去看尼亚加拉瀑布！

葡萄庄园

还没有到达，就闻到酒香
那一排排葡萄架上的淡绿
把我们引到一个漂亮的农庄
好大一片，一望无边
山上的枫叶，已经红成一遍
而淡绿的葡萄
还在傲迎秋霜
秋风把枫叶点燃
让火红的山林为庄园取暖
其实，这里的葡萄是冰雪的精灵
越是严寒，越是秀颜
它用冰雪的纯洁
酿成北美的香甜
品一口
让你从脚暖到脸
仿佛顿时在春天

2014. 10. 28 于多伦多

蒂华纳见闻

低矮的商铺，墙面涂满彩色的画
用来摄影的毛驴，也涂了彩色条纹
黄色，是主基调
纯黄的出租车，把城市
勾勒成一块色彩鲜艳的画布
造型夸张的马雅石雕像
连同摇曳的棕榈树
洋溢着浓浓的拉美风情

红灯区里
酒吧，迪吧，KTV 歌厅
灯光耀眼
脱衣舞，钢管舞……迎来声声喝彩
而旁边的教堂里，虔诚的人
正在庄严地祈祷
教堂的钟声与红灯区的喝彩声
把严肃与放纵交汇在一起
大巴车上，一个拿吉他的中年汉子
一上车就卖命地弹，使劲地唱

眼光充满了对大家的期盼
那表情
有对生活的向往，有对客人的祝愿
淋漓的汗水，表现了他的勤劳
人们纷纷掏出一个美金
表示对他的敬意

音乐，弥漫街头
或三或五的音乐人，随处可见
我们给了一个五人乐队十美元
小号、吉他、小提琴、手风琴
顿时歌升舞起。我们三个四川人
情不自禁地跟乐队一起“嗨”起来
虽然听不懂歌词，但能亲自
体验一下拉美情调
也不虚此行……

东京记忆

白天的东京塔
没有橘黄色的灯照，依然
耀眼夺目
成为认路的地标

浅草寺，香烟弥漫
一杯清茶
点缀美味的抹茶糕点

银座是商品的天堂
奢华的背后，有消费的潮流
从一丁目逛到八丁目
迟迟不敢下手

秋叶原，那萌萌哒女仆
激发了扮嫩的心
一直感叹
没有十八岁的青春

日式晚餐，量少精致
美食体验，品尝的是一种意境
管饱问题，午夜加餐

站在东京塔上
彩虹桥、自由女神、无垠的大海
尽收眼底
城市性格一览无余

在横滨海边散步

行走在花砖小道上
看着两侧高大的银杏树
面向大海
海鸥飞舞
一种惊叹沿着花砖旁的小径延伸
家人的目光梦一样迷离在盛开的花坛上
五颜六色的花朵铺向海边
在蓝蓝的天空下朵朵发亮

家人被花吸引，争相留下花中倩影
姐姐要侧面的，老婆要正面的
而我一直凝望着“海的守护神”①
任凭海浪的声音
从喷泉发出
冲刷我淡泊的心

海鸥带来一股清新的风

---

① 圣地亚哥市所赠送的“水的守护神”雕塑。

把我们的目光引向跨海大桥
那是通往东京的桥
一种沉思在桥上移动——
那不是汽车的速度
那是时间流动的光标

长椅静卧林荫下，都市的喧嚣
消失在茂密的树叶上
只有那火热的“冰川九号”邮轮
诉说着它曾经的辉煌
一块块花砖
一棵棵银杏
一座座雕像
把海滨打扮成这般模样
谁会相信
它竟是填海造陆的扩张？

富士山之行

(一) 登富士雪山

从五合目选一条小路
其实路就是积雪上的一串脚印
我沿着脚印往前走
此时没有同行的人

雪很厚，盖过了脚背
每走一步，都会留下一个深深的靴印
山有些陡
越走越看不到顶

墨黑的岩石，是雪中最美的花
满身裂隙的火山弹，格外耀眼
立高而望
一个睡美人就在脚下

那蓝天上的雪莲

那倒挂的“玉扇”
都是远观的景象
此时的睡美人已经没有距离任你欣赏

(二) 富士山远眺

你的美如婚礼上的新娘
婚纱是雪
你的佩饰是粉艳的樱花
你的身后有蔚蓝的天光
人们对你翘首仰望

其实你平和的外表
难以掩盖曾经的暴戾
那墨黑的岩石
就是你
曾经血口大张的证据

你的宁静能持续多久?
你那偶尔的抖动
暴露了你不安分的内心
人们赞美你的现在
可是我
要用你的一颗火山弹
记住你的曾经

（三）富士芝樱花

形状和樱花相似
无数的小花
组成一块块偌大的地毯
粉红的，紫色的，淡绿的
绒绒的，软软的，密密的
把天空衬托得更加的蓝
把富士山的雪衬托得更加的白
把湖光变得更加秀丽
把阳光变得更加灿烂
一块块偌大的地毯
汇成了花的海洋
浩翰无边，蔚为壮观
错过了樱花
看到了芝樱花
失去了想要的
得到了意外的
人生的得失，似乎
与观花有关

2015. 4. 27

鹿 趣

奈良公园，真是鹿的天堂
鹿一见到人，就围了过来
又是亲，又是擂
它们既温顺又霸气
想吃饼干给你卖个萌
动作稍微慢点，就撞你屁股——
快点喂！快点喂！
一对打架的鹿，被饼干吸引
吃饱了，不打了，成了好友
开始交颈示爱
山坡上的一只雌鹿
为了吃饼干
它一副想摸就摸吧的表情
湖边的一只小奶鹿
它犹豫半天才敢靠近我
我给饼干的功夫，它妈妈突然出现了
左右打量着我，确认宝宝没有危险
才向我手中夺取饼干
母子俩都懂得知恩图报

给点吃的就配合拍照
奈良公园是鹿的天堂
也是旅游的趣味之地

日本印象

你问我：日本怎么样?
我会说：干净!
我的团友也说："日本干净得太过分了"
我去过许多国家，干净
也是第一印象，但是
日本干净得让我惭愧
我 100 多平方米的小家
居然藏污纳垢，丢人现眼
而一个 37 万平方公里的国家
干净得没有纸屑，没有烟头……
无论是人口密集的步行街，还是街边的小面馆
地面，都像水洗一般干净
便池，像新安装一样明亮
干净的地面，行走着穿戴整齐的人
凡有等候，就有排队
人人轻声细语，个个彬彬有礼
干净的背后是文明
这个国土的人
个个守规则，讲礼貌

整齐划一的行为
让我想起
大海中的沙丁鱼群
当它们的行为高度统一
会是怎样的后果?

芽庄掠奇

(一) 悬在海的上空

登上海上索道，一望苍茫大海
波涛与海岸构成鲜明的图案
太阳像红色的月亮
把倾城的夕光洒在码头上
沙滩一派金黄
横七竖八的人躺在海滩
任凭海的舌头舔舐赤裸的身段
少数顶风者与海风对抗
飘起的秀发与衣衫
显示着一种力量
立在海心的人字架
用灯光自动纹身，一团光芒
消除了缆车上的紧张
海轮渐远渐小，成为一叶孤舟
消失在茫茫的海天之间
一阵狂风，缆车动荡

海浪被风打了一个结
在海面旋转
天苍苍，海茫茫
最后一片红霞消退
海水变黑，天空变黄
再也看不到一点蓝
索道的尽头，是海的彼岸
悬着的心，跟随缆车着陆
在海的包围中走向期待的明天

（二）太空洞

把畏惧藏在心里
把勇敢露在外面
起程——内心忐忑
一个推手，便不由自主
越来越黑，越来越快
顶空已经回不去
我在哪？要去哪儿？
来不及思考
滑落！滑落！滑落！
漆黑！漆黑！漆黑！
旋转！旋转！旋转！
灵魂已经失去
躯体还在滑落

偶尔一线光芒
思维开始复苏
落入万丈深渊
手脚开始挣扎
终于见到光明
臀部一道划痕
那是勇敢的成绩
那是记忆的风景
甲子之年，考试合格
一个字：爽！

（三）婆那加占婆塔

那是千年朝拜守望的地方
别具一格的橘红色
染红了整座小山
阳光照在塔上，金光闪闪
朝拜的人络绎不绝
我不懂塔的寓意
但我为建筑的神奇而感叹
我本不信教
出于对天依女神的敬重
我穿上了特制服装
脱鞋一拜
笔直的廊柱，整齐地排列

虽是历史的遗迹
却是一个民族文化的风采
许多未解之谜
至今难以解开
从塔上往下看
我的影子从高空坠落
落在一只小船上
很庆幸，没有摔碎
这或许是
天依女神保佑的结果

2016.2.10

俄罗斯之旅

这片辽阔的土地，盘踞在华夏版图的北边
曾经，拿破仑垂涎于它
曾经，希特勒垂涎于它
让它的胜利广场，成为历史的永远

它也有过成吉思汗
与我们是同一祖先
曾经是兄弟
只是没有相似的脸

它的人物，影响过我们
从阿芙乐尔号“一声炮响”开始
自从我亲眼看到列宁躺在水晶棺
我更加相信，历史不只是一个故事

《阿尔巴特街的儿女们》所经历的事
已经成为过去
现在，行走在阿尔巴特街上
可以自由地呼吸新鲜空气

这片土地上的白桦树，无边无际
手抚着光滑的树皮，才发现
那白色的树干，那绿色的树冠
曾经给人的震撼

红场，我再一次靠近
远远望着克里姆林宫的高端
那蒜形的尖，那锐气与坚硬
似乎不仅仅与我一个旅游者有关

游览克里姆林宫

红墙内，三个教堂成为信徒的圣地
教堂外，那座三角形的黄色平顶楼
与教堂的蒜头顶，形成鲜明的对比
俄总统就在第二层的一间办公室里
川流不息的游人，与俄总统
享受同一空间。然而古老的炮筒
冷冷地注视着游人
让人们看到了不可逾越的距离
一尊被称为“炮王”的火炮，犹如
一头怒目圆睁的雄狮，傲慢地蹲在那里
——虽然这炮从未发出火力
城堡式的绿色圆顶上，曾经
飘扬了74个春秋的红旗，已经
成为历史。如今飘着三色旗
显然这是又一个时代的开始
不可撼动的钟王，用残缺的形象
述说着它的过去
引起人们对往事的回忆

那古色古香的尖顶塔
如同神话世界中的小阁楼
展现着它独有的魅力

莫斯科手记

（一）红场之吻

看惯了俄国人之吻
忘记了自己的游客身份
在红场黑褐色的砖块上
我牵着妻子的手
用初恋的方式，慢步而走
周围的建筑是红色的
我们的嘴唇也是红色的
天上的霞光是红色的
我们的脸颊也是红色的
我把嘴唇的胭脂印在妻子的手背上
我说：这是接吻的国度
可以感觉一下嘴唇的温度
妻推开我，手指向远方
——那里有列宁墓
此刻，应该严肃

（二）在普希金故居留影

阿尔巴特街有普希金的故居
淡蓝色的建筑，映着太阳的光芒
对面，矗立着普希金夫妇的铜像
娜塔莉亚右手轻放在普希金的左手上
可是，他们的手并没有握住
两手间的空隙，留给人们无限的想象
塑像身后，一丛绿树
婆娑的阴影一直在夫妇的身边摇晃
诗人为妻决斗而死
而我，不需要为妻而决斗
因为我的妻子此刻把我的手抓得很紧
我们的脸上充满了阳光
与普希金留影是我许久的愿望
我面对铜像
让妻留下我对诗人的无比景仰

（三）草场上的景观

从卡洛明斯庄园出来
我发现了另外一个景观
绿茵的草场上，赤条条的男女
或三点式或一点式

或朋友或情侣
或俯卧草地或仰望蓝天
数百人的草场
展现着人体的曲线
这样的景象曾经出现在海滩
无论海滩还是草场
只有一个原因，那就是
可以躺下尽情地晒太阳
可是我们黄色人的一把伞
挡住了阳光
也隔离了自然

（四）我是雕像前的沉默者

宽阔的胜利广场，三棱碑直插蓝天
碑的顶端，胜利女神手握金灿灿的桂冠
她身旁飞着两个小天使
吹着胜利的号角——把和平呼唤
碑的下面，格奥尔基手持长矛刺杀毒蛇
雕像冲击视觉，给人震撼
我是雕像前的沉默者
想到二战，我也肃然
我没有经历过战争
但我的国家是二战的胜利者
为此，我也自豪

回望广场，荡气回肠
那大型的喷泉，有和平的力量
广场对面的凯旋门
正放射着东方的光芒

2015. 6. 8

关于教堂的传说

俄罗斯最经典的建筑
除了宫殿，就是教堂
那个年代，曾经把教堂改作粮仓
可是粮食却填不饱人们的肚囊
把教堂改成工厂
工厂难有产量
把教堂改为游泳池
却经常淹死人，带给大家
一个又一个的悲伤
有的教堂用来存放土豆种
土豆竟然不能正常生长
这些传说，无法考证
可是一个又一个的故事
人们至今不忘
七十年的禁止，终于解放
修葺一新的教堂里
处处是虔诚的信仰

那金碧辉煌的蒜头顶

凝聚着

人们内心的愿望

波罗的海芬兰湾感怀

徜徉在夏宫花园的林荫大道
最后，驻足在大海边
眼前是烟波浩渺的波罗的海芬兰湾
身后是金光灿灿的夏宫大殿
天上云涌，大海湛蓝
军舰鲜明，海鸥盘旋
这就是彼得大帝的海洋观
清晰地呈现在我们眼前
我想起，阿芙乐尔号巡洋舰
就是经芬兰湾回到圣彼得堡
那一声炮响
影响这块土地七十年
不管历史怎样变幻
此时，海面上的太阳
正鲜艳
夏宫，历史的沉淀
二战后的翻版
启示着什么？

海洋，是国家的大门
重视它
才会有历史性的发展

在圣彼得堡看芭蕾舞剧《天鹅湖》

冬宫二百年前的剧场
仅有二百多个座位，我们在第三排
乐池就在眼前，当指挥轻轻挥起他的魔棒
天鹅序曲从乐池流出，大幕徐徐拉开
宫廷场景展现，宛如回到沙俄时代

交响乐不断变幻主题，带领人们
进入故事情节和艺术境界
湖畔美轮美奂
一群美丽的白天鹅在月光下起舞
脚尖上的轻盈
看得观众个个出神
当双簧管奏出悲怆的主题，人们心中的主角登台
独舞和双人舞，演绎不平凡的爱情故事
天鹅的双翅娇若扇动，似乎在摆脱相思的痛苦
当小号响起，那欢快的乐曲，那小天鹅嬉戏的情景
让人忘乎自己的所在
最精彩的是黑天鹅独舞，一口气三十二个单足旋转
完美的技巧，轻盈的舞姿

诠释了与白天鹅不同的内心世界

美好的故事，优美的音乐
带给人们强烈的心灵震撼
美丽的天鹅久久翔舞在我心中
柴可夫斯基的交响乐久久回响在我脑海
就像壮美的冬宫永久屹立在涅瓦河畔

在涅瓦河游船上

河水闪烁，泛着淡淡的霞光
游船由东向西，环绕圣彼得堡而行
典雅的欧式建筑与形态各异的桥梁
融成飞动灵气的画廊——

彼得保罗教堂钟楼，金碧生辉
带着翅翼的天使，在顶端护着十字架
穿越蓝天
它象征着海平线上的俄罗斯
耸立在古城堡
十分耀眼
阿芙乐尔号巡洋舰出现了
这是多么印象深刻的战舰！
十月革命的一声炮响，就是从这里发出
历史的辉煌，让飘动的军旗依然鲜艳
军舰前面就是冬宫了，依船望去
冬宫一派庄严
它的庄严，不仅在于它的建筑
而且在于那浩如烟海的艺术奇观

人在艺术珍品的海洋中，才知自己知识的短浅
船至开阔的波罗的海芬兰湾
似曾相识的景观出现在眼前：
军舰鲜明，海水淡蓝
群鸥盘旋，游客眷恋
返程时，堤岸广场的青铜骑士像金光闪闪
——彼得大帝坐骑长啸，挥手呐喊
马的前蹄腾空，后蹄踩着一条巨蛇
那蛇代表着俄罗斯征服的敌人
此时，我想起列宁格勒保卫战
涅瓦河——伟大的“生命通道”
九百天的坚持，让法西斯最终胆寒

站在停下的游船上
我忽然想起普希金的诗——
我站在涅瓦河上，遥望着
巨人一般的伊撒大教堂
在寒雾的薄薄的幽暗中
它高耸的圆顶闪着金光
那景色是多么迷人、绚烂……

耶稣山随想

预订的阳光如约而至，这是一个晴天
站在耶稣山俯瞰下界
那湖光，那山色，那宁静的海湾
那片片楼宇在天高海阔之间
白色的海浪涌动白色的沙滩
人们在沙滩上放松，在信仰中检点

我也展开双臂，做一个耶稣的姿势
心，干净得像一片蓝天
我没有普渡众生的情怀
只想把眼下的景致拥入胸间
耶稣在我身后，咔嚓一声
跨太平洋的合影就在眼前

远处的贫民窟，在阳光下
五彩斑斓
他们不会饥饿。他们有漂浮在水上
永远啃噬不完的面包山
他们容易满足。有上帝的庇护

他们无需付出艰辛的血汗

一条平行的街区，是海与湖的分界线
那宽阔的赛场上，踢球的儿童
让人兴叹
桑巴舞曲靡靡飞扬
引出那无是无非的闲云
悄悄出现

我也听说：里约的美是上帝在第七天创建
我一支素笔
确实不能把它完美表现
就此搁笔吧
海面上，出航的游艇在发出召唤
……

在船上观看大河婚礼

完美从一场雨开始
船被风推行
雨水追赶汗水
所有参加“婚礼”的人
都在此接受“洗礼”
把一切杂念清洗
在河豚抬头之前，必须放弃欲念
否则会受到食人鱼的照看
黑河与索河的交汇处，令人振奋的
不仅仅是黑黄分明的流域
还有河豚为婚礼表演
摇头摆尾，让婚礼更加壮观
远处，一只小船上
一位老者甩出一支钓竿
从云层里钩出了太阳
一米阳光透过云的缝隙
为黑黄夫妻添光增彩，一阵渲染
原来雨，只是一场婚礼的前奏
接下来，就是婚礼后的盛艳……

进入热带雨林

刚刚抵达印第安村落
天，突然变脸
云层滚动，大雨滂沱
大雨拥抱森林，简直就是一场惬意的表演
风，迅速把雨带走
仿佛作秀一般，天空重新放晴
栈道已经冲刷干净
热带雨的魅力淋漓尽致
到栈道尽头去
到雨林深处去

参天大树，不见其端
蚂蚁的黑色豪宅高高挂在板状根的巨树上
长青藤在淋浴后惬意地点头
苔藓依地蔓延
——万物悠然
栈道的尽头，水面好像刚刚铺展
睡莲半睡半醒，做着或有或无的白日梦
昏暗处，鳄鱼睁大了双眼

偷看蜂鸟与野花约会
表情却非常平淡
草木苍翠，蓊蓊郁郁
一股地球芳心的气味，让人心旷神怡
树枝上的水珠时常亲脸
大自然让繁忙的心情
在此放宽

天空已没有多余的云
阳光穿透丛林，照在水面
映红了每个人的脸
热带雨的变脸表演
着实让人惊叹……

伊瓜苏瀑布

壮哉！奔腾而咆哮
看似平淡平静平常
遇到坎坷，落差就是风景
落差越大，气势越宏
遇到阻碍，沉默中再起波浪
轰鸣，却不趾高气扬
山头的小溪自以为高
其实哪里有容量
地面的池水自以为深
其实哪里有气场
阳光也为它添彩
那一道道彩虹
是无数坎坷的辉煌
丛林中，哗哗啦啦
峡谷中，轰轰隆隆
这声势，除了海啸
谁能与之媲美？
那气场

你见到或者没有见到

都是那个样！

海边留影

一个黝黑的身体出现在镜头
瞬间凝固成黑色的维纳斯
飘逸的长发掀起海的浪潮
扭曲的身段推动海的波涛
海鸥的飞舞
把蓝色的海，白色的云
连成动态的图案
霞光把黄色的我，黑色的维纳斯
涂抹得色彩鲜亮
凝固的维纳斯突然伸出双手
像海鸥展翅，向我表达南美的热情
我也急忙伸手致意
一群海鸥飞走
我和黑妹握手
她却来了一个拥抱
此时，我想起地球的北端
处于睡眠状态的远方
这个地球底部的浪漫
不能只有大西洋的见证

还应该被我装进行囊
带回东方
留下永久的回忆

2016.4.12 于里约

在圣苏姗娜农庄

红色农舍，各种陈设述说百年往事
门前绿荫，是一株红果果的底色
红色更红，绿色更绿
农舍鲜明的白檐柱，让纯净的天空更加蔚蓝
参天大树拥成的小道，通向酒吧大厅
别样的烤肉房，散发着令人垂涎的香

马厩孕育的生产力，正在释放
成群的马队载着游客
在一望无涯的草原上变换队形
蓝天，红土地，广袤的草原
一队五洲四洋的人马慢慢行进
构成一幅天然的水彩画

马车上：白色人、黑色人、黄色人
在坦荡无垠的草原上浓缩了一个世界
两道车轮，是他们共同的语言
一棵突兀在蓝天的大树
举起一把巨伞，将他们召唤

远处，收割了的秸秆茬留下一抹金黄
近处，牧草为红土地涂上深绿
一簇芦苇在风中摇摆
时而频频点头，似乎在向土地致敬
圣洁的土地，耕织的庄稼
舒展着高乔人的情怀

从马背上飞起的穿环表演
带给人们一阵又一阵的惊叹
群马奔腾的草场上，惊讶声高过了马的嘶鸣
骑手们带着胜利的喜悦
躬下身体与游客们亲吻
放射出浓浓的南美风情

我骑在马背上，手握丈量岁月的缰绳
思绪在马步上移动
放下所有欲念，带着悠然的心境
放眼广阔的草原和田园
在骏马的奔跑中，饱饮南美秋色
在令人陶醉的葡萄酒香里，咀嚼农庄的滋味

在火地岛看极地风光

小火车驶向火地岛公园
我开始体验当年囚犯的“辛酸”
一场大雪，把世界的尽头
重新装扮
可是我的身份本来就是游客
此时只有兴奋，哪有辛酸

我展开自己像展开一张地图
从彼波河谷那枯白的树桩
到马卡雷纳晶莹的瀑布
在那雪色的森林中
嵌满了我的脚印
透过厚厚的积雪
我看到了河流蜿蜒的碧绿
还有那些朽木所释放的辛苦

冰雪的世界，一只无形的手
牵引我向南向南再向南
在临海的一面，眺望南极大陆

碧海茫茫，可有伊人在水之洲？
大雪为荒原涂抹的白
为我留下冰冷的梦
而白色压迫下的秋红
悄悄告诉我：
这是起点，并非尽头

车轮咿呀，火车咻咻
回望那六十厘米宽的轨道
我知道囚犯留下的故事，并不是
让这个冰雪的世界
成为人们向往的理由
于是我平生第一次伸出手指
在雪地上写出：到此一游
但我还是一步一回头
思忖着这个极地世界不解的符咒

莫雷诺冰川的轰鸣

我来了，用一声大吼
呼应冰崩的轰鸣
那震耳的轰隆声
是生命的呐喊

活着，没有平静
每天三十厘米的延伸
让凝固不再永恒
生长与轰鸣
——让崩溃也豪迈

那深邃的黑洞
藏着生命的奥秘
那桥形的拱门
连着阿根廷湖的神奇

晶莹的胴体，渗透了血丝
活动的血脉
有生长的痕迹

神秘
让多少人靠近却又离开

站在观景栈道上的我
被冰崩的呐喊所振动
我突然发现
纯洁，才是生命的本质
就是崩溃
也要展现内在的纯洁

2016. 4. 18 于阿根廷

卡米尼托街的探戈

色彩斑斓的卡米尼托街
雕塑着色彩斑斓的故事
水手船工的遗迹依然挂在墙上
风骚女郎的媚眼
提升了原始探戈的韵味

循着探戈舞曲传出的地方
那对男女回旋的舞步
勾起了我对科隆大剧院探戈的记忆
原来那高雅的源头竟然是如此的卑微
我是一个媚雅使者
不敢相信水手与妓女孕育的艺术
会成为一个国家艺术的代名词
然而，在我亲自嗅到舞女花露水的时刻
我从颓废的遗迹中惊醒
为艺术的宽容所震撼。在我身临其境
感受科隆大剧院无与伦比的艺术魅力之时
怎会想到，一个街头舞女
让我在此春光乍泄——竟然

尽情地释放探戈的激情与热烈
她那心有灵犀的默契
为我留下探戈的永久纪念
至今想起：我一个眼神飘过
她就知道我的下一个动作
那种探戈的芬芳，醉人的芬芳
那是一万八千里的碰撞
那是一种醉美的感动……

音乐在小酒店里荡漾
刚劲的切分音节奏下
一对穿运动服的男女——一双踢球的腿
居然能跳出令人眼花缭乱的舞
啊，醉人的探戈！
让我陶醉在彩色积木堆砌的小街上

在圣保罗酒店

我在酒店独坐弄微信
一位白人姑娘来了
她向我微笑，用听不懂的语言招呼我
我也微笑，点头致意
两位棕色恋人来了
他们要了咖啡，向我和白色姑娘
说了一串话，我听不懂
他们之间用语言交谈，并和我用眼睛对话
旁边有一棵小树，我和小树一样不停地摇头或点头
树比我强，用风的语言和我们交流
我只会用眼光和微笑面对
天气开始转凉，这是树的好意、风的礼物
我的脸谱代表了我的名片
我是东方来的
但我不如树，我只会点头微笑

2016. 4. 7

里约·海浪静观

浪潮从远方走来
滚动的声音被礁石挡回
更大的浪潮翻滚而来
更大的声音在咆哮
海燕是搏浪者
在浪尖上起飞
与浪共舞
错落有致
冲浪者在浪卷中出没
浪板与浪纠缠
人在海天之空洞中
飞翔
远处，海天连成一片
分不清海边和天边
此刻，我微弱的一点亚洲黄
映衬着海天广袤的蓝

后 记

本书主要收录已出版的《另一种视觉》《沉默的云》等六部诗集中的部分新诗和近期新作共200余首。

作品格调呈多元倾向。既有知性风格的诗，也有口语风格的诗。言志、言情，写社会、写旅游，题材广泛。抒情与叙事，歌颂与反讽，不拘一格。在注重思想性与艺术性的同时，特别注重语言的凝练和通俗。比较而言，独立抒怀的诗，如《列车上的聆听》《写在一个光鲜的日子》《金沙梦幻》等，更能体现诗的抒情特质；写给特定对象的诗，如《我的沉默——写给女儿》《背影》《致网友》等，更能闪烁诗在生活中的光芒；纪实类的诗如《丽江晨韵》《行走在雪域高原》《穿越沙漠大峡谷》等，则是诗意人生的短片。

我从上世纪70年代开始有写诗的欲望，直到上世纪90年代才开始发表作品，从多年的生活体验与生命体悟中获得了诗与写诗的滋味。写诗是一个艰难的过程。要观察，要阅读，要思考，要确立主旨，要谋篇设段。费了很大的劲，写出来并不中看。一句不对，影响全篇；一字不对，整个黯淡。因为爱好，所以乐此不疲，再艰苦也是心甘情愿。或许是诗歌打通了我血管的淤血，写作的时候，手指如插入键盘的连线，直把心血输入而成诗，热血流动而固化成诗歌文本。我用诗歌雕塑自己的生命，证明自己的存在。

早期，我只对格律诗词有兴趣，在乡下的几年，试图用格律诗词表达一些东西，现在看来都不成熟。后来忙于工作，钻研业务占据了几乎全部时间，写诗纯粹成了消遣。至2000年，能看得的只有100多首格律诗词和十几首新诗。2001年以后，我的兴趣转向了新诗。到现在，已有的600余首新旧诗歌文本中，新诗的数量超过了三分之二。在我看来：现代新诗代表了汉语诗歌的发展方向，体现了汉语诗歌的时代特征，而传统诗词又为现代新诗提供了传承基因。展望中国诗歌趋势，必然形成现代新诗为主、格律诗词为辅的格局。

我不希望新诗比格律诗词还难懂。当然，由于诗歌的语言特征，不可能都是大白话。但是如果读诗像猜谜，或者读一首诗要像做学问一样查阅大量的资料，寻找很多的注解，那么读诗也太累了！把诗写得易懂有味，是我追求的目标。易懂，是想让字面意义容易理解；有味，是希望读后有一点回味。写诗见仁见智，无论怎样写，诗就是诗，语言的凝练和内在的韵律，字里行间的弦外之音构成我们常说的诗意。否则，怎么叫诗？

通过阅读中外诗歌，我认为：中国古典诗歌精炼的语言、优美的意境是值得继承和发扬的；同时，新诗也要借鉴西方诗歌的主体再现、感情激越的表现手法，使现代新诗既有中国诗歌的意境烘托，又有西方诗歌的主体意识等审美特征。在平常的阅读中，我总是对用词凝练、意境含蓄、形象生动的新诗特别青睐。

当然，真正的诗不是沿着“读诗——写诗”的轨迹，即从诗歌到诗歌而形成的。真正的诗只能来源于生活体验和生命感悟。我从上世纪70年代就想咏仙人掌，直到上世纪90年代才咏出来（七律·咏仙人掌//亦土亦沙性自坚，天寒地热更恬然。松青不用水浇注，梅艳未因谁喜欢。虽有芳枝常与伴，也无玉叶偶相攀。披针为杜浮尘渐，哪碍游人放眼观?）。就此而言，一首诗凝聚了二十多年的生活体验和感悟。《花的变奏》这首诗的形成也是经历了三年多的时间。2001年7月的一次干部考察中，省委组织部的人在谈话时叫我做好两手准备，但后来的情况让我看到了用人方面的微妙。此后几年，我的心情一直郁闷。后来在一次花展上突然有了感悟，写了这首诗以求自解。虽然看上去还缺了点诗美，但确是自己血液里流淌出来的东西。从这个角度来说，诗歌是人的生活结构与环境结构的同构关系所缔造的产物，人的本源与自然的本源相碰撞，产生心灵的火花，从而有了诗。

从我的写作实践来看，生活是诗歌的原料，诗歌总会有生活的影子，个人的世界观必然体现在诗歌的意境中。经历越多，心胸越广，诗歌意境越有深度。如果说功夫在诗外，这个“外”，我认为，就是个人的生活体验和处世观念。作为诗人，应该像小草一样扎根于泥土，攀爬于小路，用宇宙般的胸怀，清新世界，过滤尘埃。用诗的语言，为社会传递正能量。

我在诗歌的崎岖小路上艰难地跋涉，许多失眠的夜晚伴随着诗歌的诞生，但我感到：陡峭的山路，每攀登一步，都在抬高自己。我的睡眠不好，睡不着就想诗，我的许多诗都是在失眠时打草稿，草稿乱七八糟的，天明后整理成初稿，过几天才修改定稿。回想写诗历程，时空跨度大的诗，需要较多的生活积累和长时间的酝酿；单一事件的表达，写起来比较容易。组诗的难度要比短诗大。

借此机会，也说说我心目中的好诗理念。我认为好诗应该具备独特性：独特的视角，独特的感受，独特的语言和独特的文本形式。要有形象性：托景寄情，寓理于事，用形象的语言表达生活感受；抽象的表达和零碎的记叙，则不能称之为诗。要有音乐性：诗，不管有韵无韵，都要有内在的音乐感，读起来朗朗上口，听起来婉转悦耳。要有扩张性：诗的内容要含蓄，语言要简练，内涵丰富，扩张力强。一首好诗，会让不同的读者有不同的感觉，不同阶层的人有不同的看点。

读诗和写诗都是一种乐趣，乐此而为，乐而不疲。我的一生要感谢诗歌，有了诗歌，我才从亦悲亦喜的人生中找到自己的精神寄托。

在此，我要感谢《星星》诗刊和长江文艺出版社为出版本书所付出的辛劳，特别感谢四川省作家协会副主席、前《星星》诗刊主编梁平诗人为诗集赐序。

游　运

2016. 3. 1 于成都